KB165389

크레인

크 레 인

라이너 침닉 글 · 그림 | 유혜자 옮김

큰나무

이 책을 오버베르거 교수님과 안나 악스만에게 헌정합니다.

라이너 침닉이 <크레인>에 붙이는 서문

　　<크레인>의 탄생 과정이 지금도 기억에 새롭다. 전쟁이 끝난 직후에는 파괴된 도시를 재건하려는 작업에 석기시대의 방법이 동원되었다. 원시시대처럼 곡괭이로 파고, 삽질을 하고, 수레로 끌고, 흙칠을 하는 방식을 사용했던 것이다. 그러던 것이 50년대에 이르러서는 건축 분야에 새로운 기술이 많이 도입되었다. 산더미처럼 쌓여 있는 잔해 더미 위로 어느 날 갑자기 크레인이 불쑥 솟구친 것이다. 도로의 구석구석마다 세워진 크레인이 가로수보다 많을 정도였다. 여러 대의 크레인이 함께 모여 있던 대단위 건축현장에서는 작업이 없어 쉬는 날에는 혹시 폭풍이 휘몰아쳐도 아무런 사고가 나지 않게 하기 위해 철사줄로 크레인의 팔 부분을 묶어 두었다. 어떤 크레인은 무척 높아서 그 안에서 일하는 사람이 저녁마다 밑으로 내려왔다가 이튿날 아침 다시 올라가기가 너무 힘들어서

크레인의 끝부분에 작은 집을 만들어 그 안에서 생활하게 했다.

난 날마다 예술 아카데미와 집을 오가는 길목에서 그것을 보고 무척 신기해 했었다. 특히 그 높은 곳에 올라가 바닥의 어수선한 장애물들을 뚫고 정확하게 작업을 진행해야만 하는 중요한 임무를 수행하는 사람은 어떤 마음을 가지고 있을지 생각해 보곤 했었다.

당시에는 긴긴 겨울밤에 단골 술집을 찾을 만한 여유도 없을 만큼 모두들 가난했었다. 그래서 나도 생활비를 벌어 보자는 생각에서 '크레인에서 일하는 남자'에 대한 이야기를 글로 쓰고 싶었다. 글을 쓰면서 언젠가 글이 마무리되면 그에 맞는 삽화도 직접 그리고 싶은 생각에 무척 설레어 했었다. 기억해 보면 아주 아름다운 시간이었다.

오른쪽 위에 있는 사람은 공산주의자다.

시가 점점 커지면서 기차역이 비좁아져 소와 돼지, 화물과 석탄을 보관할 장소가 부족해지자 시장과 장관 그리고 열두 명의 시의원들이 도시 외곽에 화물을 옮겨 실어 줄 크레인을 하나 세우기로 결정했다.

9

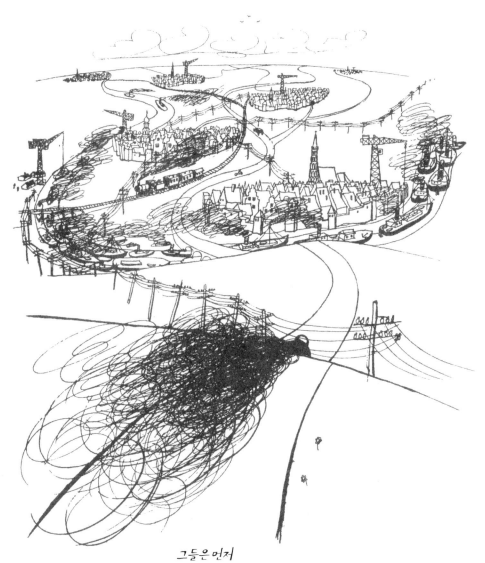

그들은 먼저

어떤 사람에게 줄자를 쥐어주고 오토바이를 태
워 내보냈다. 그 사람은 온 나라를 돌아다니며 항
구나 기차역에 있는 크레인의 크기를 직접 재서 알
아보라는 임무를 맡았다.

오후에 시장과 장관 그리고 열두 명의 시의원들이 교외로 나갔다. 그들은 강물과 도로와 철길이 함께 모이는 곳에 모였다. 장관이 지팡이로 모래에 십자가를 그으며 말했다.

"이 자리에 49미터로 세워지게 될 겁니다."

그 말을 듣고 시장과 열두 명의 시의원들은 대략 49미터쯤 되는 높이를 가늠하며 허공을 쳐다보았다. "엄청나겠군!" 누군가 말했다.

그들은 다시 시내로 돌아가 술을 마시며 흥겨운 시간을 보냈다.

다음 날 아침
    일꾼들이 망치, 못, 나사 그리고 쇠기둥을 실
은 트럭을 끌고 와서 크레인을 만들기 시작했
다. 장관이 십자가를 그어 놓은 바로 그곳에서
작업이 시작되었다.

일꾼들은 시간당

1마르크 58페니히씩 받기로 하고 아침부터 저녁까지 망치로 못을 박으며 열심히 일했다. 해가 지고 트럭에 불이 켜지면 다른 일꾼들이 찾아와 다음 날 아침까지 못을 박고 망치질을 계속했다.

(시의원들의 모습은 일부러 대충 그렸다.)

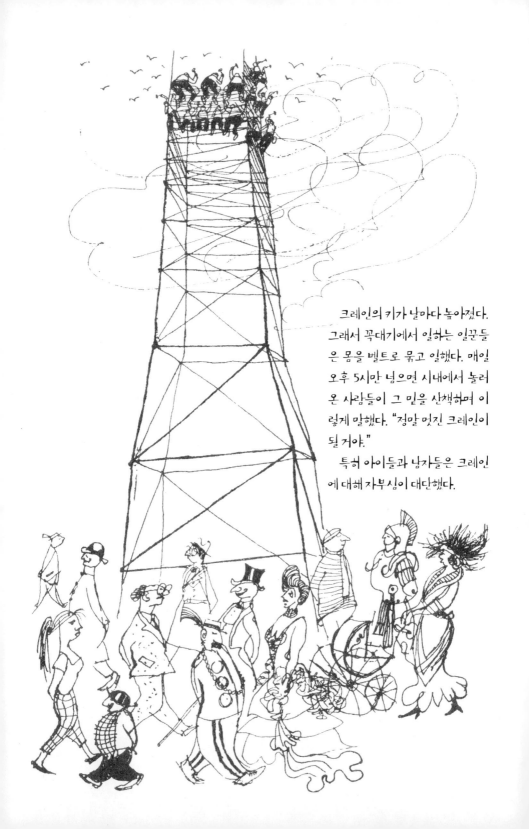

크레인의 키가 날마다 높아졌다. 그래서 꼭대기에서 일하는 일꾼들은 몸을 벨트로 묶고 일했다. 매일 오후 5시만 넘으면 시내에서 놀러 온 사람들이 그 밑을 산책하며 이렇게 말했다. "정말 멋진 크레인이 될 거야."

특히 아이들과 남자들은 크레인에 대해 자부심이 대단했다.

　그런데 사람들 중에 크레인에 대해 유달리 관심이 많은 사람이있었
다. 머리에 깃털을 꽂은 파란 모자를 쓰고 다니는 그는 크레인을 그 무엇
보다도 사랑하는 젊은이였다. 사람들은 그런 그를 보며 미쳤다고 했다.
　그는 못을 박거나 망치질을 할 때도 다른 사람들보다 세 배는 빠르게
했고, 다른 사람들이 일을 끝내고 집으로 돌아가면 크레인 꼭대기로 올
라가서 손수건으로 나사를 반짝반짝 윤이 나게 닦았다.
　그리고 밤에는 크레인 밑에서 자다가 아침이 되면 벌떡 일어나 어디
론가 멀리 뛰어갔다. 사람들은 그를 보고 이렇게 말했다. "저기, 파란 모
자를 쓰고 다니는 사람제 정신이 아냐!"

크레인이 완성되었을 때 많은 사람들이 모였다. 장관이 축사를 했고, 악단은 숲 속의 새들을 노래하는 음악을 연주했고, 남자들은 술 마시고 춤을 추며 여자들과 신나게 놀며 나뭇가지를 허공에 던졌다. 정말 큰 축제가 벌어졌고, 모두들 흥겨운 시간을 보냈다. 월요일에 콘테이너, 석탄, 기관차와 배를 실은 대형 트럭이 와서 짐을 내려놓으려고 했다. 그러나 운전할 사람이 없어서 크레인이 꼼짝도 하지 못했다.

장관의 처남이 크레인 기사가 되고 싶어했고, 시장의 친구도 그것을 하겠다고 나섰다. 사람들은 그 두 사람 중에 한 사람을 선택하기가 너무 어려워 결정을 내리지 못했다.

"여보세요! 어서 짐 내려줘요!" 배의 선장, 기차의 차장, 대형트럭 운전사가 소리쳤다. 그러나 크레인은 꼼짝도 하지 않았다.

그러자 파란 모자를 쓴 남자가 다람쥐처럼 잽싸게 올라가 운전대를 잡았다. 그리고 시장의 친구와 장관의 처남이 서로 다투면서 왈가왈부하는 사이 크레인을 좌우로 움직이며 집게를 위아래로 올렸다 내렸다 하면서 배에 실려 있던 석탄을 내려 화물 기차 짐칸으로 옮겨 주고, 콘테이너와 소 그리고 돼지들을 화물 기차에서 들어올려 트럭에 옮겨 주었다. 마치 오래 전부터 그 일을 해 온 것처럼 솜씨가 능숙했다.

크레인도 작동이 잘 되었지만 그 사람도 운전을 잘 해서 엔진이 돌고, 톱니바퀴가 돌고, 집게가 물건을 번쩍번쩍 들어올리면서 화물칸에 있던 짐이 하나씩 하나씩 옮겨졌다. 그러자 트럭 운전사와 기차 차장과 배의 선장이 소리쳤다.

"파란 모자를 쓴 저 사람에게 크레인을 맡기자고 합시다!"

저녁 때 그들은 시의원을 찾아가 말했다. "파란 모자를 쓴 사람을 크레인 기사로 임명해 주세요, 그렇지 않으면 더 이상 일을 하지 않겠습니다."

장관과 시장은 '안 된다!' 고 했지만 시의원들은 '좋다!' 고 했다. 시의원들이 그에게 전보를 보냈다.

전보

이 전보를 보냄으로써 파란 모자를 쓰고 다니는 젊은이를 크레인 기사로 임명한다. 임금은 시간당 2마르크 80페니히로 한다.

근무 조건: 근무 시간은 아침 7시부터 저녁 5시까지. 토요일에는 오전만 근무한다. 점심 시간은 12시부터 1시까지로 한다.

기사는 아침 7시, 낮 12시, 오후 1시, 오후 5시에 사이렌을 울려야 한다. 다만 일요일은 예외다.

기사는 한달에 한 번 크레인을 정비하고, 기계에 기름을 칠해야 되고, 휘발유를 넣어 주어야 한다.

매주 일요일 정각 오전 10시와 11시에 시의원들이 강물을 건널 수 있게 해 주어야 한다.

항상 근면 성실하게 일해야 한다.

시의원 12인 일동

우체부가 소리쳤다. "여보세요, 크레인 기사 양반! 내려와서 시의원이 보낸 전보 받아요!" 그렇지만 언제나 파란 모자를 쓰고 다니는 젊은이는 이렇게 소리쳤다. "그냥 밑에 놓으세요!"

그래서 우체부는 그것을 바닥에 놓았다. 그러자 크레인 기사가 전보를 집게로 들어올린 다음 우체부에게 팁으로 20페니히를 던져 주었다.

전보를 읽은 크레인 기사는 너무 기쁜 나머지 온몸을 부들부들 떨었고, 원숭이처럼 재주넘기를 하며 좋아했다. 그러자 목에서 뭔가 뜨거운 것이 치밀어 올랐다. 그는 혼잣말로 말했다. "에이, 사나이가 울면 안 돼!"

달빛이 풀밭을 비추는 밤이 되자 크레인 기사는 장관의 처남과 시장의 친구가 생각났다. 그들이 몰래 다가와 자기를 크레인 아래로 끌어내리려고 할 것만 같아서 사다리를 떼어놓은 다음 망을 보았다.

밤 12시가 되었을 때 두 개의 그림자가 크레인이 있는 곳으로 살금살금 다가오는 것이 보였다. 그는 칸막이를 해 둔 조종실로 얼른 가서 크레인의 쇠에 전기가 흐르게 했다. 장관의 처남과 시장의 친구는 2미터 반쯤 올라가다가 갑자기 온몸을 관통하는 듯한 심한 전기 충격을 받았다. 그들은 얼른 밑으로 내려가 성호를 긋고 다시는 그런 짓을 하지 않기로 결심했다.

그것을 본 다음에야 기사는 크레인 맨 꼭대기에서 편안히 누울 수 있었다. 그는 밤하늘에 떠 있는 별들과 달을 보면서 또, 멀리 있는 큰 산을 보며 기쁨에 겨워 잠을 이루지 못했다.

그는 밤새도록 로렐라이 노래에 맞춰 휘파람을 불었고, 발을 구

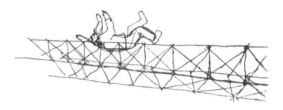

르며 어서 날이 밝기만을
기다렸다.

　노래를 제법 할 줄 아는 경비원은 그의 휘파람 소리를 듣기가 거
북했다. 그래서 위를 향해 소리쳤다. "여보세요! 밤에는 조용히 하
는 거요!" 그러자 기사가 아래를 향해 소리쳤다. "기분이 너무 좋
아서 그래요!" 그러면서 그는 계속 휘파람을 불었다. 그러자 경비
원이 다시 한 번 위를 향해 소리쳤다. "아무리 기뻐도 낮에 그렇게
해야지 밤중까지 그렇게 하는 게 아니오!" 그러면서 그는 혼잣말
로 말했다. 바보!

　날이 밝아오자 기사가 소매를 걷어붙이며 아래를 향해 소리쳤
다. "아저씨, 지금 7시예요?"

　그러나 아직 4시 반이었다. 기사는 크레인 위에서 왔다갔다하며
산책을 했고, 경비원은 5분마다 아래쪽을 향해 7시냐고 묻는 기사
때문에 몹시 화가 났다.

　도둑이 대개 낮에는 오지 않기 때문에 경비원은 새벽녘에 잠을
잔다. 그런데 5분마다 "7시 됐어요?"라고 자꾸 물어보는 기사 때문
에 경비원은 통 잠을 이룰 수 없었다.

날이 환해지자 기사는 손에 침을 퉤퉤 뱉었다. 5시 반에 개가 한 마리 지나갔다. 6시에는 시내로 가는 전철이 지나갔고, 6시 반에는 어떤 농부가 퇴비를 밭으로 실어 날랐다. 그러나 그토록 기다리던 7시는 한참을 기다리고 나자 비로소 7시가 되었다.

기사가 소리쳤다. "자, 시작!" 그는 제일 먼저 사이렌을 울렸다. 모터가 돌아갔고, 트럭이 털털거렸고, 병을 실어 나르는 기차가 덜컹댔고, 집게가 짐을 번쩍번쩍 들어올렸다. 햇빛이 따사롭게 내리쪼였고, 모두들 즐겁게 일했다.

10시 30분에 렉트로가 왔다. 렉트로는 기사와 제일 친한 친구다.

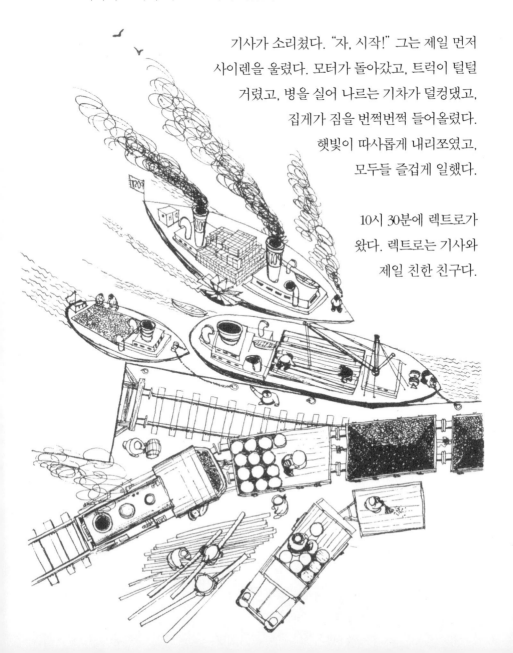

짐을 잔뜩 실은 수레 12개를 매단 화물
차를 몰고 온 그는 아무리 심한 커브길이
라도 능숙하게 잘 달리기 때문에 최고의
운전사로 시내에 소문이 자자했다.

렉트로는 모든 것을 세심하게 살펴보았고, 크레
인 기사가 아래를 향해 불빛을 반짝이는 것을 보자
기뻐하며 소리쳤다. "좋았어!" 그런 다음 손을 흔
들고 차를 출발했다. '철컥 드르륵' 렉트로는 기어
를 바꿀 때마다 '철컥 드르륵' 하는 소리를 냈다.
렉트로 역시 로렐라이를 휘파람으로 불었다.

소를 끌고 가는 사람은 렉트로의 형이다. 그는 아
주 침착하고, 결코 서두르는 법이 없다. 그는 전에
이발사로 일했었다. 그래서 한 달에 한 번 렉트로
와 크레인 기사의 머리를 잘라 준다.

점심 때 크레인 기사는 사이렌을 울
리고, 트럭 운전사에게 종이 쪽지를 던
졌다. 빵, 맥주, 비누, 박하사탕 등 필요
한 물건을 사 달라는 부탁이 적힌 종이
였다. 그는 돈을 종이에 싸서 아래로
던졌다.

크레인 기사는 물이 필요하면 집게를 이용해 강에서 물을 길어 올렸다. 그는 몸을 하루에 한 번만 씻기 때문에 물이 별로 필요하지 않았다.

크레인, 강 그리고 크레인의 쇠처럼 도시에서 바람이 불어오면 부르르 몸을 떠는 배와 밤에 볼 수 있는 별 그 모든 것들을 그는 위에서 쳐다보았다.

그것은 사람들이 종종 꾸는 꿈처럼 너무나 아름다웠다. 그러나 그는 그 모든 것들을 직접 눈으로 볼 수 있기 때문에 꿈보다 더 아름답다는 것을 잘 알고 있었다.

일요일 아침 그는 기계를 분해해 톱니바퀴를 기름으로 잘 닦아 주었다. 부속들을 다 닦은 다음에는 휘발유 구멍에 휘발유도 채워 주었다.

일요일 오전만 되면 열두 명의 시의원들이 크레인을 찾아왔다. 그들은 일요일 아침마다 함께 모여 산책을 했다. 의회가 일요일에는 문을 닫기 때문이었다. 가끔 그들은 재미있는 놀이를 했다. 어떤 시의원이 나비를 잡으러 가자고 했다. 시의원들은 꽃과 새가 그려져 있는 커다란 틀에 탔다. 그 안에 폭신한 의자가 마련되어 있어서 서 있을 필요도 없었다. 방석들은 붉은 천으로 곱게 감싸여져 있었다.

기사가 열두 명의 시의원이 탄 틀을 들어 올려 강물 건너로 옮겨 주었다. 사실 많은 사람들이 강에 다리를 만들고 싶어했지만 강 건너 도시는 그들의 관할 구역이 아니라서 다리를 만들 수 없었다.

자 들어가세요, 여러분. 어서요!

일요일 오후가 되면 크레인 기사는 수영
복으로 갈아입고 일광욕을 즐겼다.

빵집 딸들이 입술에 붉은색 연지를
바르고 야외로 나들이를 나왔다. 크레
인 근처를 지나던 그들은 기사가 좋아
서 깔깔대며 웃었다. 그들은 기사가 허
락만 한다면 당장이라도 기사와 결혼하
고 싶은 심정이었다. 그들이 큰 소리로
그를 향해 외쳤다.

"그만 밑으로 내려오세요! 우
리와 함께 춤춰요!"
　그러나 기사는 아래를 향해 소
리쳤다. "모두들 나를 부러워해
요. 모두 크레인 기사가 되고 싶
어하지요. 그래서 깊은 구덩이를
파 놓고 나뭇가지와 이끼로 살짝
덮어 놓았을 거예요.

내가 내려가면 사람들이 나를
그 함정으로 유인할 거예요.

들판으로 나간 렉트로
아름다운 생각에 빠져있다.

그럼 난 그 안에 빠지고, 다른 사람이 크레인 기사가 되겠지요! 그래
서 난 내려갈 수 없어요!" 그는 박하사탕을 빨며 햇빛에 몸을 말렸다.

렉트로는 머리가 빨리 돌아가는 편은 아니지만 뭐든지 신중하게 생
각한다. 그는 심각하게 고민할 것이 생기면 앉아서 흑맥주를 마신다.

여름에 날씨가 따뜻해져 아지랑이가 피어 오르고, 찌르레기가 꽃 사이를 폴짝폴짝 뛰어다닐 때면 렉트로의 머리는 아름다운 생각들로 가득 찬다. 그런 날 그는 화물차를 몰고 시골로 나가 차를 세운 다음 꽃밭에 앉아 구름이 지나가는 모습을 쳐다보며 아름다운 생각에 빠져들곤 한다. 가끔은 소를 끌고 온 남자도 그와 같이 있다. 그렇게 앉아 있는 렉트로를 보고 트럭 운전사들이 소리친다. "어이, 렉트로! 어디 아파?" 그러나 렉트로는 언제나 이렇게 외친다. "바퀴가 펑크났어, 만세!"

렉트로는 하루에 한 번씩 친구를 찾아가 위를 보고 소리친다. "하나 밑으로 내려 줘!" 그렇게 해서 두 사람은 함께 박하사탕을 빨면서 서로 가까이 있다는 것에 대해 기뻐한다. 가끔 렉트로는 꽃을 가져오기도 한다. 그리고 배터리가 부족하면 크레인 기사에게 소리친다. "나한테 몇 킬로와트만 빌려 줘!" 그럼 크레인 기사가 전선을 내려보내 렉트로의 엔진에 전기를 보내 준다. 렉트로는 떠날 때마다 "안녕!" 하고 외치고는 철컥 드르륵 차를 출발시킨다.

한번은 크레인 기사가 서커스단의 짐을 옮기는 일을 해야만 했다. 날씨는 그날 따라 무척 더웠다. 정오 무렵에는 너무 뜨거워진 쇠에 손을 대면 화상을 입을 정도였다.
오후 3시쯤에는 어디를 가든 아프리카처럼 푹푹 쪘다. 그래서 사자와 호랑이를 비롯한 동물들은 정글과 사막을 그리워하며 몹시 난폭해졌다. 그들은 발을 구르고, 고함을 지르고, 우리를 마구 흔들어 잠금 장치를 헐렁하게 만들었다. 마치 땅이 지옥으로 변한 것처럼 요란한 소리가 났고, 간수들은 온몸을 부들부들 떨며 빈깡통에 몸을 숨겼다. 그때 악마가 뛰쳐나오기라도 한 것처럼 누군가 트럼 펫을 부는 것 같은 요란한 소리가 나면서 숨을 식식거리는 소리가 났다. 간수들은 기겁을 하며 소리질렀다. "하나님, 살려 주세요!"

모두들 깡통 속에 쭈그리고 앉아 이제는 죽었다고 생각했다. 그 런데 가만히 살펴보니 마구 날뛰고 있는 것이 악마가 아니라 코끼 리였다. 더위를 먹어 열이 바짝 오른 코끼리는 악마와 다를 바 없 었다.

코끼리가 수레 주변을 뛰어다니며 아무거나 짓밟고, 상자를 집 어던지고, 소와 돼지들을 장난감처럼 허공에 날려 버렸다. 소를 몰 고 가던 사람은 자기 소를 지키기 위해 그 자리를 피해 급히 도망 쳤다. 서커스 단장이 소리쳤다. "점보야, 그만 해. 바나나 한 소쿠 리 줄게." 그렇지만 코끼리는 점보라는 이름도, 바나나 한 소쿠리 주겠다는 말도 듣지 못한 채 난리법석을 피웠다. 그러자 렉트로가 큰 소리로 외쳤다.

"무기 갖고 와요! 어서 무기 갖고 와요!" 그러나 서커스 단장이 더 큰 소리로 외쳤다. "안 돼요! 쏘지 말아요! 6만 마르크짜리라고 요!" 그 사이에 사자가 들어 있던 상자도 덜거덕거리며 금방이라 도 열릴 것 같았다.

그 모든 것을 위에서 지켜보고 있던 크레인 기사도 무척 흥분했 다. 밑에 있는 사람들이 죽느냐, 사느냐 하는 심각한 위기에 처해 있는 것을 본 그는 양손으로 기어를 꼭 붙잡고 신에게 기도했다. "하느님, 놈이 크레인에 가까이 다가오게 해 주세요! 그렇게만 하

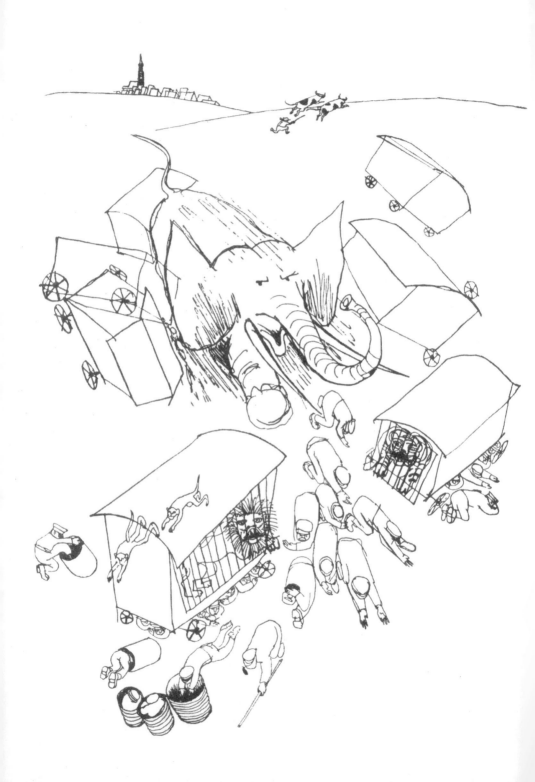

면 제가 집게로 번쩍 들어올리겠습니다." 정말로 코끼리가 크레인 바로 밑을 지나갈 때 기사는 집게를 급히 아래로 내려보냈다. 코끼리는 허공에 몸이 들리자 다리를 버둥대고, 귀를 펄럭이고, 코를 마구 흔들었다. 크레인의 철근 기둥이 휘어지기 시작했다. 그러나 쇠를 워낙 튼튼하게 잘 만들어 놓아서 큰일은 일어나지 않았다. 크레인 기사가 크레인을 강물 위로 뻗어 더위 먹은 코끼리가 정신이 들 때까지 찬물에 몸을 담그고 있게 해 주었다.

잠시 후 코끼리가 흥분을 가라앉히고 조용해졌다. 서커스 단장이 바나나를 한 소쿠리 갖다주자 작은 목소리로 인사도 했다. "고맙습니다."

코끼리가 동물의 우리를 죽 따라 가면서 맹수들에게 말했다.
"조용히 해! 여기는 아프리카가 아냐. 오늘 날씨가 더워서 그런 거야!" 그 말을 믿지 않는 동물에게는 코끼리가 얼굴에 톱밥을 잔뜩 뿌려 주었다. 사자가 톱밥 세례를 제일 많이 받았다.
불자동차가 요란스럽게 달려오고, 경찰이 총을 들고 출동했을 때 맹수들은 우리 안에서 조용히 잠이 들어 있었다. 크레인 기사는 다시 석탄과 콘테이너를 옮기며 박하사탕을 빨아 먹었다. 서커스 단장은 녹색 손수건으로 이마에 난 땀방울을 닦아 내며 소방대장에게 말했다.
"별일 아닙니다. 날씨가 더워서 잠시 소동이 있었어요."
렉트로만 흥분을 가라앉히지 못했다. 그날 그는 타이어를 다섯 번이나 터뜨렸다. 그는 시내로 가서 사람들에게 소리쳤다. "내가

다 봤어요. 내가 이 눈으로 똑똑히 봤어요!"

스무 명쯤 되는 사람들이 그의 주변을 에워싸고 물었다. "무슨 일이야? 뭐를 봤다는 거지?"

그는 사람들에게 소동의 전말을 말해 주었다. "집채만한 코끼리가 그랬어요. 정말 어마어마하게 큰 코끼리였어요." 렉트로가 말했다.

"그런데 크레인 기사가 그 코끼리를 밀가루 자루를 다루듯 번쩍 들어올렸어요. 이렇게요." 렉트로는 크레인 기사가 코끼리를 집게로 들어올리는 시늉을 해 보이며 말을 이었다. "그래서 철근이 많이 휘었어요. 정말 아슬아슬했지요! 그 기사가 우리 모두를 구해 준 거예요."

"그 사람이 없었다면 더위를 먹은 맹수들이 우리를 탈출해 시내로 돌진해 왔을 지도 몰라요. 그렇게 되면 코끼리가 집집마다 쳐들어갔을 거예요. 한번 생각해 보세요. 저녁 때 피곤에 지쳐 퇴근하는데 2층 계단에 굶주린 아프리카 사자가 앉아 있다면 어떻겠어요? 이렇게 앉아서요." 렉트로가 앉아 있는 사자처럼 이빨을 혀로 훑자 사람들이 몸을 부들부들 떨었고, 서로의 손을 꼭 잡았다.

그날 이후부터 사람들은 저녁 늦게 집으로 돌아올 때면 혹시 계단에 사자가 있지 않은 지부터 살폈다.

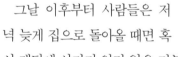

저녁 때 많은 사람들이 크레인을 찾아가 기사를 칭찬했다. 빵집 딸들이 그에게 선물하려고 꽃을 던졌지만 별로 높이 던지지 못했다. 그래서 기사가 집게를 아래로 내려보냈고, 사람들은 그 안에 노란꽃을 잔뜩 담아 주었다.

기분이 좋아진 크레인 기사는 로렐라이 노래에 맞춰 휘파람을 불며 사람들에게 사과와 박하사탕을 던져 주었다. 사람들이 그것을 받으며 소리쳤다. "기사 아저씨 만세! 만세! 만세!"

이튿날 저녁 늦게 집으로 돌아오다가 은빛 사자가 층계에 앉아 있는 것을 본 렉트로는 사람들에게 그 소식을 알렸다.

우체부 두 명이 시의원들을 찾아가서 말했다. "렉트로는 하루에 다섯 번씩 타이어에 펑크를 냅니다. 타이어가 품질이 좋은 고무로 만들어져 있는데도 말입니다. 더구나 그 사람은 아름다운 생각이 떠오르면 꽃밭에 앉아 이렇게 말한다고 합니다. '타이어 펑크났어, 만세!'"

시의원들이 렉트로를 소환해 물었다. "사람들이 그러는데 당신은 아름다운 생각이 나면 꽃밭에 앉아 '타이어 펑크났어, 만세!' 라는 말을 하루에 다섯 번씩 한다는데 그게 사실입니까?"
"아니오." 렉트로가 대답했다. "거짓말." 시의원들이 말했다.
그러자 렉트로가 다시 말했다. "하루에 다섯 번 펑크를 냈다는 말은 틀립니다. 기껏해야 하루에 두 번쯤 냈을 거예요. 겨울에는 아예 내지 않았고요."

"그리고 저녁 때 집에 갔는데 은빛 사자가 있었다는 말을 사람들한테 하고 다녔다는데 그 말은 사실입니까?"

"네. 그렇지만 그 사이에 사자가 가 버렸어요. 사람들 앞에 나설

렉트로의파멸

용기가 나지 않아서 그랬던 것 같아요." 렉트로가 말했다.

"거짓말. 사자는 그 따위를 두려워하지 않아요." 시의원들이 말했다.

시의원들은 머리에 아름다운 생각이 떠오른 적이 한 번도 없었기 때문에 렉트로를 이해할 수 없었다.

그래서 그들은 다음 주 토요일에 렉트로를 파면하기로 결정했다.

렉트로는 차를 몰고 크레인으로 천천히 가서 소리쳤다. "토요일에 나를 자르겠대!" 철컥 드르륵. 그는 몹시 슬퍼했다.

크레인 기사는 일요일을 기다리고 있다가 시의원들을 강 건너로 옮겨 줄 때 기어를 중립에 두어 크레인이 더 이상 움직이지 않게 했다. 시의원들이 탄 틀이 강 한가운데 위에 떠 있었다. 그는 크레인이 한 번은 오른쪽, 한 번은 왼쪽으로 살짝살짝 움직이게 했다. 처음에는 아주 천천히 움직이게 하다가 나중에 속도를 높이자 시의원들이 불안에 떨며 소리쳤다.

"무슨 일이지?"

크레인 기사는 집게가 있는 곳까지 아슬아슬하게 내려가 말했다. "모터에 연결된 전깃줄이 끊어졌어요!"

강물은 깊었고, 틀은 이리저리 거칠게 흔들렸고, 아침 식사로 햄과 달걀을 먹은 시의원들은 몹시 괴로워했다.

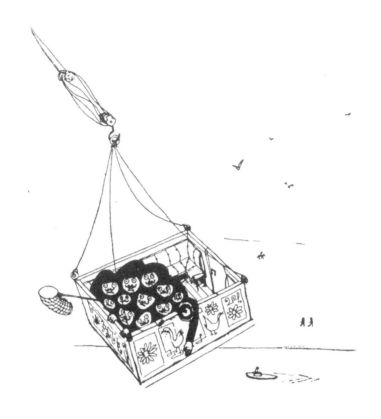

시의원들이 소리쳤다. "어서 수리해!"

크레인 기사가 말했다. "이 줄은 서커스에 있는 밧줄처럼 튼튼한 게 아닙니다. 머지 않아 끊어질 거예요."

그때 강둑으로 소를 끌고 나오던 남자가 양손을 모아 입에 대고 소리쳤다. "줄이 끊어지려고 한다!"

한 시의원이 소리쳤다. "난 수영할 수 있어. 난 수영할 수 있다고!" 그렇지만 다른 시의원들은 수영을 못한다고 했고, 강물은 깊었다.

그러자 다른 시의원들이 소리쳤다. "왜 모터를 곧바로 수리하지 않는 거지?"

"저는 못해요. 톱니바퀴를 수리하는 거라면 하는데 전기는 못 만져요. 그 일은 렉트로밖에 못해요." 크레인 기사가 말했다.

렉트로는 강가를 산책하면서 로렐라이 노래에 맞춰 휘파람을 불었다. 시의원들이 소리쳤다. "렉트로, 어서 올라와 모터를 고쳐!" 그러나 렉트로가 위를 보며 외쳤다. "난 화물칸을 열두 개나 매달고 다니면서 날마다 950개의 상자를 실어 날랐어요. 그런데 파면됐어요."

그러자 시의원들이 소리쳤다. "파면 취소!" 렉트로가 크레인 기사가 있는 곳으로 올라가 기사와 함께 모터 위에 몸을 숙인 채 박하사탕을 빨아 먹으며 빙긋 웃었다. 잠시 후 크레인 기사가 기어를 제자리로 움직여 시의원들을 안전하게 강둑에 내려놓았다.

땅에 내려선 시의원들의 얼굴이 붉게 상기되었다. 그들은 기분이 좋아 큰 소리로 웃으며 말했다. "정말 재미있는 소풍이었어요!" 크레인 기사와 렉트로가 함께 로렐라이 노래에 맞춰 휘파람을 부는 소리를 듣고 그들도 휘파람을 불었다. 그들은 모자를 벗어 흔들었고, 햇빛은 따사롭게 내리쬐고, 새는 노래하고, 정말 아름다운 일요일이었다.

큰 사건이 벌어졌다.

밤중에 사방이 캄캄했다. 물고기가 강물에서 수영하는 소리까지

들릴 정도로 조용한 여름이었다. 크레인 기사는 크레인 위에서 잠이 들었고, 경비원은 은이 들어 있는 광석이 가득한 수레 위에 앉아 주변을 살폈다.

아무도 나타나지 않자 경비원은 피곤에 지쳐 한쪽 눈을 감았다. 그러나 경비원은 수레 뒤에 두 남자가 있다는 것을 전혀 알지 못하고 있었다. 그가 턱에 머리를 괸 채 하품을 하고 있을 때 그들이 고양이처럼 수레 위로 올라가 경비원의 뒤통수를 망치로 후려쳤다.

경비원은 찍 소리도 내지 못한 채 그대로 고꾸라졌다. 그러자 그들이 경비원을 꽁꽁 묶었고, 더러운 천으로 입을 틀어막은 다음 속

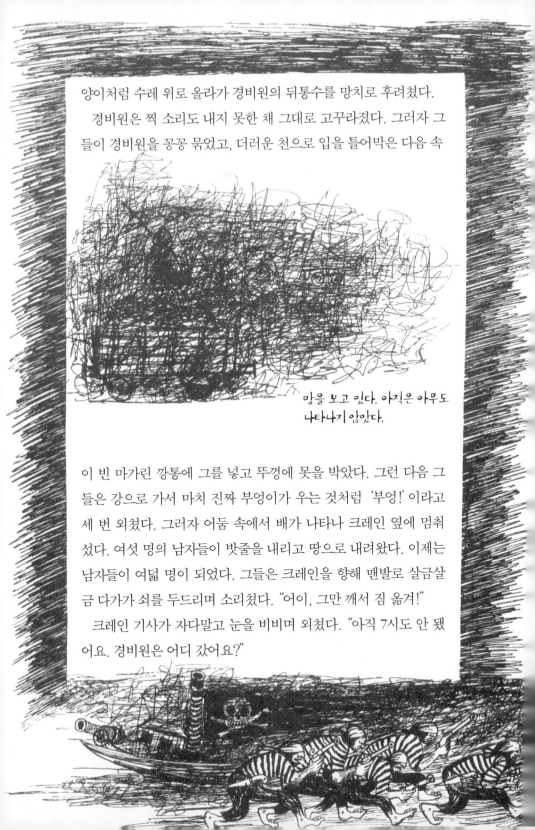

망을 보고 있다. 아직은 아무도
나타나지 않았다.

이 빈 마가린 깡통에 그를 넣고 뚜껑에 못을 박았다. 그런 다음 그들은 강으로 가서 마치 진짜 부엉이가 우는 것처럼 '부엉!' 이라고 세 번 외쳤다. 그러자 어둠 속에서 배가 나타나 크레인 옆에 멈춰 섰다. 여섯 명의 남자들이 밧줄을 내리고 땅으로 내려왔다. 이제는 남자들이 여덟 명이 되었다. 그들은 크레인을 향해 맨발로 살금살금 다가가 쇠를 두드리며 소리쳤다. "어이, 그만 깨서 짐 옮겨!"

크레인 기사가 자다말고 눈을 비비며 외쳤다. "아직 7시도 안 됐어요. 경비원은 어디 갔어요?"

　“강에 낚시하러 갔어! 여기 있는 광석들을 배에 실어야 해. 어서
서둘러!”

　남자들이 대답했다.

　“누가 보내서 온 거예요?” 크레인 기사가 물었다.

　“장관이 보냈어! 일본 황제가 내일 생일이래. 그래서 이 광석을
갖다가 성모 마리아 상을 하나 만들어 황제에게 선물로 줄 거래.
급해! 우리가 1천 마르크 줄 테니까 그 돈으로 오토바이나 하나
사!” 남자들이 말했다.

"이제 겨우 새벽 2시예요. 한밤중에 일해 본 적이 아직 한번도 없었어요!" 크레인 기사가 외쳤다.

"벌써 새벽 2시야. 시간이 없어. 서둘러야 된다니까!"

남자들이 외쳤다.

그러자 크레인 기사가 말했다. "알았어요." 그는 소매를 걷어올리고, 엔진을 작동시킨 다음 매일 아침 해왔던 대로 사이렌을 울렸다. 사이렌 소리가 나자 남자들이 화를 벌컥 내며 소리쳤다. "뭐 하는 짓이야! 어서 꺼!"

그렇지만 크레인 기사는 사이렌 소리가 워낙 커서 아무 것도 듣지 못했다. 사이렌 소리가 다 끝나자 남자들이 외쳤다. "어이, 여기 좀 쳐다봐!"

크레인 기사가 소리쳤다. "아무 것도 안 보여요!"

"손전등으로 비춰 봐!" 남자들이 다시 외쳤다. 크레인 기사가 손전등을 켜고 아래를 보자 빨간 두건을 쓰고, 검은색 줄무늬가 있는 셔츠를 입은 여덟 명의 남자들이 손에 권총을 들고 있는 것이 보였다. 그들 모두 기사의 심장을 겨누고 있었다.

해적들은 강도들 중에 가장 위험하다. 대개 미시시피나 중국에서 온 그들은 못된 짓을 많이 한다. 악랄한 해적은 착한 사람들을 칼로 찌르고 돈을 빼앗는다. 그런 다음 어딘가에 숨어 있다가* 경찰이 가고 나면 피묻은 손으로 고기 완과 수프를 먹는다. 눈썹 하나 까딱 하지 않으면서……
전에는 해적을 막을 방법이 아무 것도 없었다. 그렇지만 경찰이 무전기를 이용하기 시작하면서부터 돈 많은 사람들이 편히 잘 수 있게 되었다.

*숲의 덤불

남자들이 소리쳤다. "살고 싶으면 어서 빨리빨리 서둘러!" 한 사람이 그가 들고 있던 손전등을 총으로 쏴서 떨어뜨리고는 큰 소리로 웃었다. 하하하! 기사는 목에 뭔가 걸린 것 같고, 몸에 소름이 돋는 것을 느꼈다. 전에 학교에 다닐 때 아주 악랄한 해적이 도둑질을 하기 전에 먼저 '하하하!' 하며 웃던 것을 책에서 읽었던 기억이 났기 때문이었다.

기사가 기어를 잡고 광석을 트럭에서 내려 해적의 배에 옮겨 실었다. 일을 하는 도중 가끔씩 총알이 머리 근처를 스쳐지나갔기 때문에 그는 몹시 긴장했다.
"이건 경고야! 얼른얼른 서둘러!" 그들이 큰 소리로 외쳤다.
멀리 경찰차가 다가오는 소리가 들렸다. 경찰이 한밤중에 사이렌 소리가 나는 것을 듣고 출동한 것이다.

크레인 기사가 마지막까지 남아 있던 광석을 트럭에서 내리고
있을 때 해적들이 배로 뛰어들어 그를 향해 일제히 권총을 겨누었
다. 경찰차는 다가오고 있었지만 크레인 기사가 총에 맞아 죽는다
면 그들이 어디로 갔는지 말해 줄 사람이 아무도 없게 될 상황이었
다. 몸을 부들부들 떨고 있던 기사가 광석을 집게로 높이 들어올렸
을 때 너무 흥분한 나머지 손잡이를 놓고 말았다.

그것은 아마도 신의 뜻이었던 것 같았다. 집게가 벌어지더니 무

거운 광석이 배를 향해 빠르게 떨어졌다. 네 명의 해적들이 그것에 맞았고, 배가 흔들리니까 남아 있던 사람들은 그를 향해 총을 제대로 겨누지 못했다. 총알이 모두 빗나갔다. 크레인 기사는 집게를 이용해 부서진 배의 잔해를 들어올려 선장 위에 떨어뜨렸다. 그것을 맞고 선장이 그 자리에서 죽었다. 다른 세 명의 해적들은 배에 난 구멍을 막으려고 우왕좌왕했다. 기사가 그들을 집게로 들어올려 물 속에 담가 버렸다. 그렇게 해서 그들은 권총이 물에 젖어 더 이상 총을 쏠 수 없게 되었고, 경찰차가 도착했을 때 기사가 소리쳤다. "남은 해적들 세 명 여기 있어요!"

경찰은 해적들을 감옥에 가두었다. 경찰서 서장은 높은 자리로 진급했다.

크레인 기사가 한 훌륭한 일에 대한 소문이 삽시간에 퍼졌다. 새벽 3시가 되자 경찰들이 먼저 그 소식을 들었다. 새벽 4시에는 가로등을 끄고 다니는 사람들이 그 소식을 전해 들었고, 그들이 그것을 청소부에게 말해 주었다. 청소부들은 다리에 그 소식을 적어놓았고, 5시 반에 나온 우유배달부들이 그것을 읽었다. 우유배달부가 알게 되었을 때는 온 도시에 그 소문을 모르는 사람이 없을 정도가 되었다. 사람들이 큰 소리로 만세를 외쳤다. 많은 사람들이 크레인을 찾아갔고, 초등학교는 그날을 기념하기 위해 하루 휴교했다. 렉트로는 타이어를 펑크낸 채 하루종일 놀았고, 사람들이 곳곳에 모여 로렐라이를 불렀다. 저녁 때 장관, 시장과 열두 명의 시의원들이 모두 까만 양복을 입고 기사를 찾아갔다.

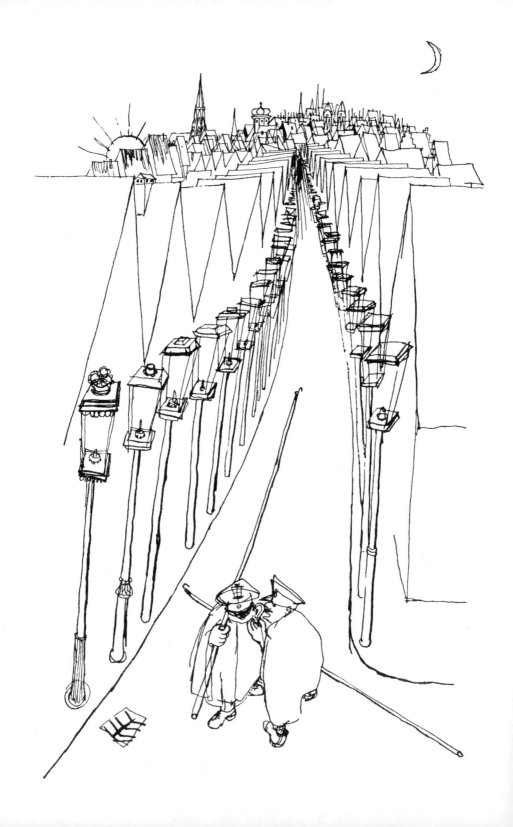

크레인 기사가 훈장을 받았다.
역사상 최초로 만들어진 해적 모양의 훈장은
초록 보석이 박혀 있고, 금도금이 되어 있었다.
그는 앞으로 월급도 더 많이 받게 되었다.

렉트로가 사 준 황금색 줄무늬가 있는 갈색 수영복이 훈장에 잘 어울렸다. 날마다 소를 끌고 다니는 남자는 그의 머리에 파마를 해 주었고, 일요일에 그가 햇빛을 쐬며 일광욕을 즐길 때면 빵집 딸들이 그의 늠름한 가슴에 붙어 있는 해적 훈장이 반짝반짝 빛나는 것을 멀리에서 쳐다보았다.

(사람들이 마가린 통 안에 들어 있던 경비원을 꺼내 주었다. 그가 '문좀 열어 주세요! 숨을 못 쉬겠어요!' 라고 비명을
지르는 소리를 누군가 들었기 때문
이었다. 그 해부터 그는 11월만
되면 허리가 아파 요통에
시달리곤 했다.)

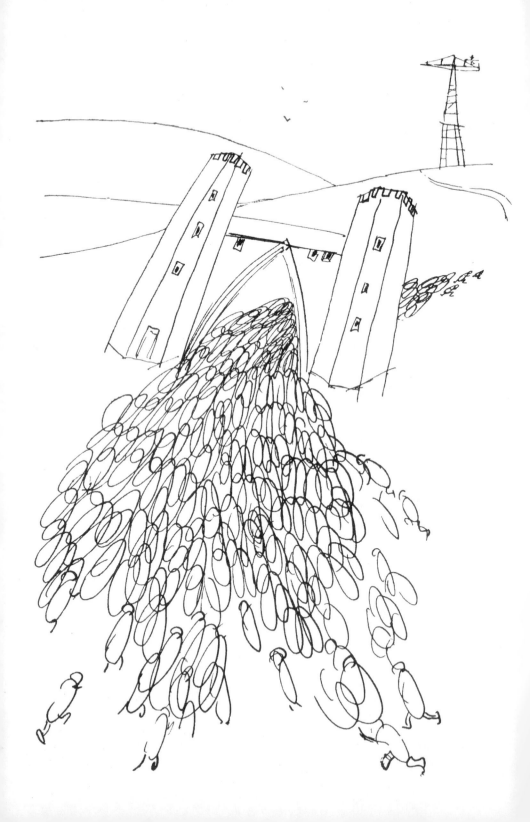

날이 환히 밝았을 때 기사가 렉트로에게 물었다.

"우리 몇 병이나 마셨지?"

"열일곱 병." 렉트로가 말했다.

"이제는 해적하고 있었던 일이 꿈만 같아." 기사가 말했다.

"괜찮아. 어차피 지나간 일이니까." 렉트로가 말했다. 그래서 그
들은 그것을 진짜 있었던 일로 그냥 생각하기로 했다.

　겨울이 되었다. 다시 여름이 되었다. 겨울이 되었다가 다시 여름
이 되었다. 늘 똑같은 일이 반복되었다.

　석탄을 옮기고, 콘테이너를 옮겨 실었다. 상자를 옮기고, 석탄을
옮겨 실었다.

　여름에는 날씨가 뜨겁고, 모든 것이 울긋불긋 예뻐서 언제나 신
나게 지내던 렉트로는 아름다운 생각을 자주 했다. 겨울에는 크레
인 위가 몹시 추웠다. 도시에서 바람이 불어오면 크레인의 쇠가 고
급 유리잔을 부딪치는 것처럼 맑고 높은 소리를 냈다. 그리고 석탄
들은 까마귀는 비교도 안 될 정도로 새카만했다.

렉트로는 날마다 아주 잠깐씩 찾아와 그에게 신문을 가져다주었다. 일요일 아침에는 다리를 아직도 건설하지 못한 시의원들이 찾아왔다. 빵집 딸들은 고깃집과 함석쟁이 아들과 결혼했다. 마지막으로 남은 막내딸은 무럭무럭 자라나 크레인 기사를 올려다보며 웃었다.

파란 모자를 쓰고, 가슴에 해적 훈장을 단 사람보다 훌륭한 크레인 기사는 세상 어디에도 없었다. 크레인은 팔이 쇠로 된 거인이었고, 그는 그것의 심장이나 마찬가지였다. 왼쪽 새끼발가락이 아프면 그는 톱니바퀴 사이에 작은 모래알이 들어 있다고 생각했고, 오른쪽 귀가 가려우면 크레인 어딘가에 있는 나사가 풀렸다고 생각했다. 그럴 때면 그는 기계를 분해해서 모래알을 찾을 때까지 열심히 뒤졌다. 혹은 크레인의 철근을 다 만져 보면서 나사를 확인했다. 그럴 때 트럭 운전사가 찾아와 짐을 내려야한다고 소리치면 그는 아래를 향해 이렇게 외쳤다. "조용히 해요! 나사가 하나 풀려 있어요!" 그리고 결국 그 나사를 찾아 꼭 조여 주었다. 그러면 오른쪽 귀도 더 이상 가렵지 않았다.

어느 날 렉트로가 흥분하며 달려와 소리쳤다.
"난리가 났어. 어서 물건들을 사 놓아야 돼! 돈을 얼마나 모아뒀지?"
크레인 기사가 소리쳤다. "천팔백칠십삼 마르크!"
렉트로가 다시 큰 소리로 외쳤다. "그것 아래로 던져. 내가 물건 사다 줄게. 뭐가 필요해?"

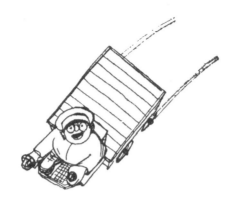

크레인 기사가 외쳤다. "박하사탕, 비누, 라이타에 넣을 라이타 돌. 그리고 손전등에 넣을 건전지 두 개."

"쓸데없는 소리! 좀더 쓸만한 물건들을 사야지!" 렉트로가 외쳤다.

"뭐가 쓸만한 물건들인데?" 크레인 기사가 물었다.

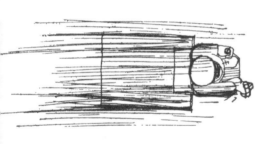

"예를 들면 밀가루나 소금 같은 것." 렉트로가 흥분을 가라앉히지 않은 채 말을 이었다. "그런 물건이 쓸만한 것들이야. 모두들 밀가루와 소금을 사고 있어."

철컥 드르륵. 렉트로가 휭 가 버렸다.

저녁 때 렉트로가 다시 돌아왔다. 차에 밀가루와 박하사탕을 잔뜩 싣고, 손전등 건전지 한 박스, 팬티 열두 장, 낡은 트럼펫 하나를 갖고 왔다. 그렇게 해서 크레인에 있던 그의 방이 쓸만한 물건들로 가득 찼다. 그래서 안으로 들어갈 수도 없게 되어 밤중에 비가 내리면 그는 밖에 서서 비를 맞아야만 했다.

52

어느 날부터인가 콘테이너가 바윗덩어리처럼 무거워졌다.

크레인 기사가 경비원에게 박하사탕 스무 개를 내려보내고 콘테이너 안에 무엇이 들었는지 한번 살펴보라고 말했다. 경비원이 상자를 하나 열어 보고 위를 향해 조심스럽게 말했다.
"다 쇳덩어리야!"

날마다 점점 더 많은 까마귀들이 눈에 띄었다. 그들은 매일 저녁 날이 어두워지면 날카로운 눈매로 크레인 근처를 날아갔다.

들판의 곡식들을 거두어야 되는 가을이 되었을 때 크레인 기사가 사이렌을 울렸지만 아무도 나오지 않았다. 트럭 운전사도 오지 않았고, 강에도 배가 뜨지 않았다. 온 나라가 텅 비어 있는 것 같고, 썰렁했다. 나무들마다 까마귀만 새까맣게 내려앉아 깍깍대며 시끄럽게 굴었다.

10시 반에 렉트로가 달려와 소리쳤다. "어서 내려와. 전쟁이 터졌어."

크레인 기사가 물었다. "왜?"

"그건 나도 몰라." 렉트로가 말했다. "누구랑 싸우는데?" 크레인 기사가 물었다.

렉트로가 외쳤다. "적이랑 싸워."

"너도 그 사람들을 봤어?"

"아니."

"그럼 난 그냥 여기 위에 있을게."

다음 날 렉트로가 제복을 입고 걸어와서 다시 소리쳤다. "나 군복 입었어. 아주 따뜻해. 너 이제 뭐하냐? 할 일이 아무 것도 없을 거야." 그런 다음 그들은 함께 박하사탕을 빨아 먹었다.

크레인 주변이 조용했다. 가끔 군인들이 행군하는 소리와 로렐라이를 부르며 가는 소리가 멀리 아득하게 들렸다.

일요일 저녁에 많은 군인들이 강으로 왔다. 렉트로와 그의 형도 함께 있었다. 청소부와 가로등 관리인도 있었다. 그들은 마른 나뭇가지를 태워 불을 피우고, 맥주와 독한 술을 마시면서 노래를 부르고, 북을 치며 흥겹게 놀았다. 그들과 함께 있던 까마귀들은 불빛에 눈이 부셔 눈을 꿈벅거렸고, 주둥이를 크게 벌리곤 했지만 깍깍대며 울지는 않았다.

"렉트로! 까마귀다!" 크레인 기사가 있는 힘을 다해 큰 소리로 외쳤지만 렉트로는 아무 소리도 듣지 못했다. 그는 군화로 쇠기둥을 두드리고, 손으로 나팔을 만들어 입가에 대고 소리쳤다. "어이! 어어어어이!" 그러나 렉트로는 누군가 땅 위에 부려놓은 짐처럼 아무 반응이 없었다. 아무 대답도 하지 않았다. 그때 누군가 흰색 말을 타고 강둑을 달려오는 것이 보였다.

말을 타고 온 사람이 군인들 옆을 지나가면서 군인들을 한 사람씩 눈여겨 쳐다보았다. 기사는 온힘을 다해 소리쳤다. "렉트로! 저기 백마 타고 온 사람 좀 봐!" 그러나 군인들은 아무 소리도 듣지 못하는 것 같았고, 백마 탄 기사도 보지 못한 것처럼 보였다. 크레인 기사가 어떻게 해서든지 사람들의 눈길을 끌려고 통조림과 못을 아래로 던졌지만 그것들은 아무도 눈치채지 못하는 사이에 땅에 조용히 떨어졌다. 그래서 기사는 운전석에 주저앉아 몹시 슬퍼했다.

아침에 다른 사람들이 찾아왔다.

그들은 무기를 들거나 메고 왔다. 총알이 물살을 가르며 날아갔
고, 땅에서 불꽃이 치솟았다. 한낮이 되자 사람들이 벌렁 뒤로 넘
어지거나 중상을 입은 채 죽어갔다. 모두 집에 가면 자전거가 있

고, 일할 밭이 있고, 수영협회 회원으로 가입했던 젊은이들로 조금
더 살고 싶은 욕망이 가득한 사람들이었다. 렉트로도 거기 있었다.
그는 크레인을 올려다보았고, 크레인 기사는 그가 머릿속으로 아름
다운 생각을 하고 있음을 느꼈다.

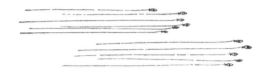

　　　　　　　　　기사는 렉트로에게 박
　　　　　　　　　하사탕을 주기 위해 내려
　　　　　　　　　가고 싶었지만 다른 사람
들이 크레인을 향해 총을 쏘아댔기 때문에 그럴 수도 없었다. 렉트로
가 마지막으로 조용히 말했다. "타이어가 펑크났어, 만세!"

　비행기들도 날아왔다. 은색 물고기들 같았다. 그것이 도시 위로 높
이 날아올랐을 때 하얀 말을 탄 사람이 나타났다.

　곧 이어 집과 교회가 폭발해 무너졌고, 불기둥이 치솟았고,
　나무들은 뒤틀렸고, 까마귀는
　까만 연기 속에서 괴로운
　비명 소리를 토해 냈다.

온 나라가 슬픔에 잠겼고
땅은 눈물을 흘렸다.

화염이 휩쓸고 간 자리에
바람이 불어와 시커먼 연기를 멀리
날려 보냈다. 그제야 아직 목숨이 붙어 있던
사람들이 지하실에서 밖으로 나와 따스한 바위를 부등켜 안고
차가운 몸을 데웠다.

날이 더 추워졌을 때 기사는 사람들이 죽음의 도시를 떠나 어디
론가 떠나는 모습을 보았다.

달빛이 비치면 죽음의 도시에서 개와 고양이가 울부짖었다. 어쩌다 한 줄기 바람이 휘몰아치면 크레인의 쇠에서 슬픈 노랫소리가 났다.

그는 혼자였다.

바닷물이 밀려왔다. 기사는 큰 산 뒤로 초록 물결이 밀려오는 것을 보았다. 육지와 바다를 막아 주던 제방이 무너져 바닷물이 육지로 범람한 것이다.

기사가 아침 7시에 사이렌을 울릴 때 크레인은 이미 바닷물에 잠겨 있었다. 집, 강과 들판이 있던 곳이 이제는 바다가 되었다. 눈을 들어 멀리 쳐다보아도 소금 맛 나는 망망대해뿐이었다.

"바다다." 기사가 말했다. 그러나 그게 무슨 상관인가? 그는 엄연히 크레인 기사고, 크레인은 작동을 잘했다. 박하사탕도 남아 있고, 그 밖에 쓸모 있는 물건들도 아직은 충분했다. 그는 운전석에 앉아 오른쪽에 있는 바닷물을 집게로 들어 왼쪽에 있는 바닷물과 섞어 주고, 왼쪽에 있는 바닷물을 오른쪽에 있는 바닷물에 섞어 주었다. 아침 7시부터 12시까지 하고, 오후 1시부터 5시까지 했다. 그러면서 로렐라이를 불렀다.

날이 어두워지자 집게에 등을 걸어 주었다. 그러자 사방에서 물고기들이 몰려와 신기한 듯 그것을 쳐다보았다. 물고기들이 많이 모이면 그가 물고기들을 집게로 들어올렸다. 소금이 필요하면 밑으로 내려가서 쇠기둥에 묻어 있는 소금을 긁어 왔다. 그리고 하늘

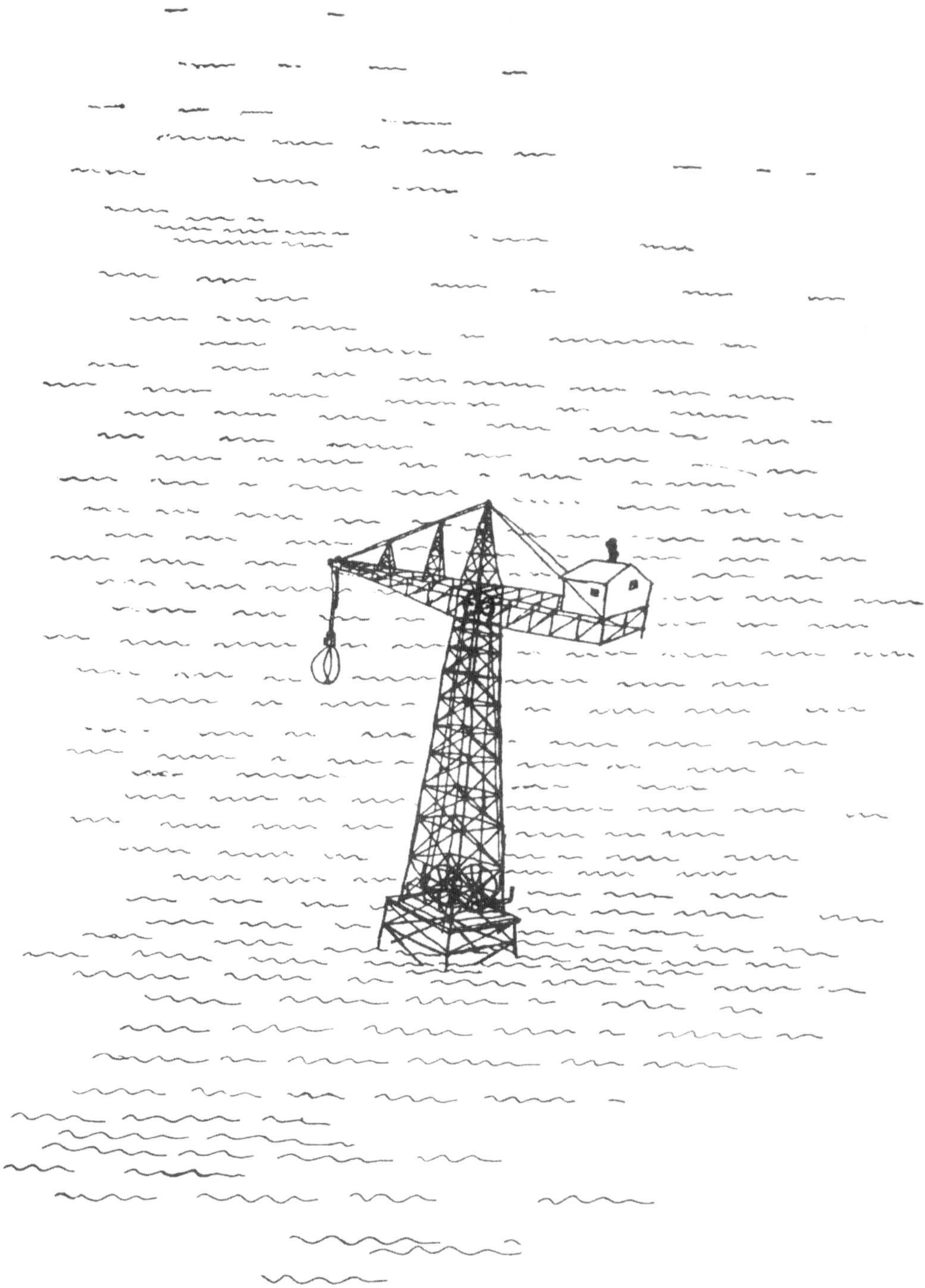

에서 비가 오는 날은 처마 밑에 양동이를 갖다두어 먹을 물을 마련했다. 그는 오븐에서 동그란 빵도 구웠다. 음식은 생선을 끓이거나 튀겨서 먹었다. 일요일에는 크레인 위를 왔다갔다하며 산책을 했고, 바닥에 엎드려 등에 햇빛을 쬐기도 했다.

그는 해적 훈장을 늘 가슴에 붙이고 다녔다. 바다의 괴물이나 요정들이 그것을 보고 이렇게 말할 것만 같아서였다. "저 사람이 코끼리를 잡았고, 여덟 명이나 되는 해적을 물리친 그 유명한 크레인 기사야."

4주일이 지나자 휘발유가 떨어졌다. 기계가 마지막으로 덜컥하는 소리를 내더니 꼼짝도 하지 않았다. 그리고 저녁 때 식사 준비를 하려고 할 때는 불을 붙일 장작이 떨어졌다. 그래서 기사는 뒤로 벌렁 드러누워 앞으로 어떻게 할 것인지 심각하게 생각했다. 이튿날 아침 그가 바지를 죽죽 찢어 낚싯줄을 만들었다. 충분히 길게 되었다고 생각되자 줄에 왁스를 문질러 더 강하게 만들었다. 그런 다음 철사를 이용해 낚시 바늘을 만들어 놓고, 물고기가 잡히기를 기다렸다.

사흘 동안 기사는 고래를 네 마리 낚았다. 그는 칼로 고래의 배를 갈라 고래 기름을 반 양동이쯤 만들었다.

그날부터 그는 고래 기름으로 생선 요리를 했고, 날이 어두워지면 고래 기름을 이용해 등잔에 불을 켰다.

그런데 어느 날 소금을 구하기 위해 아래로 내려갔다가 철근이 녹슬고 있는 것을 보았다. 아주 위험해 보였다. 공기에 수분이 많

으니까 그런 것 같았다. 그는 다시 위로 올라가 혼잣말로 말했다.
"크레인이 녹슬고 있어."

그는 다시 아래로 내려가 칼로 녹을 떼어 낸 다음 쇠에 고래 기름을 발라 주었다. 쇠에 생긴 녹을 깎아 내는 데 시간이 많이 걸렸다. 기껏 힘들게 작업을 끝내고 나면 축축하게 물기를 머금은 바람이 고래 기름을 지워 버렸다. 그래서 그는 일을 처음부터 다시 시작해야만 했다.

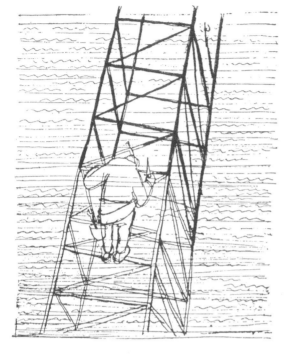

바다에 사는 동물들은 기사가 날마다 아침 7시부터 12시까지, 그리고 오후 1시부터 5시까지 밑으로 내려와 녹을 긁어 내고, 저녁때는 고래를 잡는 모습을 지켜보았다.

날마다 낮과 밤이 똑같은 모습으로 지나갔다. 낮과 밤이 계속 이어졌다. 바람이 여름에는 해가 떠오르는 곳에서 불어왔고, 겨울에는 해가 지는 쪽에서 불어왔다. 밤중에 상어가 물 속에 잠긴 크레인에 부딪칠 때 크레인이 부르르 몸을 떨었다. 가끔 하늘이 새카맣게 변하고, 바다에서 큰 파도가 몰려오기도 했다.

집채만한 파도가 크레인에 부딪치면서 물을 사방으로 튀기면 크레인에서 삐걱대는 소리가 났다. 그러나 아직 풀린 나사는 없기 때문에 크레인이 잘 버텨 주었다.

어느 날 밤 기사가 잠자리에 들려고 하는데 어디에선가 물살이 낮게 철벅거리는 소리가 아득하게 들렸다. 그는 크레인 꼭대기로 올라가 바다를 살펴보았지만 아무 것도 보이지 않았다. 그는 손을 소라 껍질처럼 만들어 귀에 대고 가만히 들어보았다.

"배다. 분명히 배일 거야." 그가 혼잣말로 말했다.

그렇지만 크레인에 살고 있는 기사에게 멀리 있는 배가 무슨 상관인가?

그는 자기가 독일인이라는 표시를 하면서
폭풍우가 휘몰아쳐도 불을 밝혔다.

"쯧쯧, 밤이라 어두워서 길을 잃고 헤매고 있을 지도 모르겠다."
 그날 밤부터 그는 밤만 되면 크레인에 서서 손전등을 비췄다. 그리고 휘
파람으로 로렐라이를 불며 한 소절이 끝날 때마다 손전등을 세 번 켰다 끄

면서 소리쳤다. "여보시오! 여기 등대 있어요!"

건전지가 다 떨어졌을 때 그는 고래 기름 등잔으로 손전등을 대신했다. 그는 쉽게 피로해지지 않기 위해 그것을 배 앞에서 세 번 흔들고, 세 번은 등뒤에 대고 흔들고, 한번은 오른손 또 한번은 왼손에 바꾸어 들고 흔들었다. 일요일에는 종이에 편지를 썼다.

각 배의 선장님께

미안하지만 손전등의 건전지가 떨어졌습니다. 그래서 고래 기름을 이용한 등잔으로 손전등을 대신하고 있어요. 새 건전지를 구해 주시면 좋겠습니다.

크레인 기사 올림

기사는 편지를 병에 넣은 채 파도가 배로 몰려가는 가을이 될 때까지 기다렸다. 드디어 가을이 되었을 때 병을 물에 띄워 보냈다.

그는 무척 성실한 사람이었다. 날마다 녹을 떼어 내고, 물고기를 잡고, 이른 아침부터 저녁까지 바다에 불을 비추며 지냈다. 그렇게 하느라 잠잘 시간도, 외로움에 잠길 시간도 없었다.

한번은 파도에 손바닥만한 나무 판자가 밀려왔다. 그는 오랫동안 나무를 보지 못했기 때문에 무척 기뻐했다. 어느새 12월이 되었다. 그는 등잔을 흔들 때 배와 바다에 사는 동물들을 위해 성탄 축가를 고운 목소리로 정성스럽게 불렀다. 바다는 잠잠했고, 별빛은 반짝였고, 바람은 반짝이는 유리알이 된 노랫가락을 밤중에 조용히 큰 산 너머의 바다 위로 몰고 갔다.

  기사는 집으로 들어가 나무에 불을 붙이고, 그 불에 얼굴과 손을
데웠다. 그런 다음 손을 조개처럼 모아 불꽃 위에 놓고 훅 불었다.
불꽃이 춤추듯 일렁이면서 손과 얼굴을 따끔거리게 했다. 빨간 불
꽃이 벽을 타고 날아가다가 벽 너머로 사라졌다. 그때 엄청나게 큰
배의 모습이 보였다.

  흰색인지 노란색인지 잘 구분이 되지는 않았지만 가까이 다가온
것을 보니 배는 은으로 만들어졌고, 굴뚝은 순금이었다. 갑판 위에
서 있는 렉트로가 배를 크레인 쪽으로 몰아왔다. 그의 양쪽 옆에는
빵집 딸들이 하얀 꽃을 들고 서서 손을 흔들었고, 해적들은 빨간 불
빛을 내뿜는 전등을
흔들고, 칼을 던졌다.
그런데 칼이 울긋불
긋한 새가 되어 배 주
위를 날아다녔다. 그
리고 렉트로가 크레
인으로 올라와 기사
옆에 앉았다.

  렉트로는 왕이 되
어 머리에 왕관을 쓰
고, 보석이 달린 망
토를 걸치고 있었다.
기사의 겉옷에도 파

란 보석이 박혀 있었다. 렉트로 옆에는 은으로 만든 사자가 있었다. 그리고 파란 연기가 배 주위를 감쌌고, 바다에 살고 있는 동물들이 일제히 물 밖으로 몸을 내밀었다.

갈색과 검은색의 물고기들이 호기심을 나타냈고, 렉트로는 박하사탕을 빨면서 옆으로 눈길도 돌리지 않은 채 가만히 서 있었다. 렉트로가 손을 위로 들어올리자 배가 바다 위에서 넓게 펼쳐졌다. 크레인은 배의 한 가운데 서 있게 되었고, 쇠기둥은 순금으로 변해 있었다.

기사의 집에는 시의원들이 앉아 술을 마시며 흥겨운 시간을 보냈고, 사자는 어슬렁거리며 걸어다녔고, 곰들은 난폭하게 굴지 않았다. 밑에서 누군가 부르는 소리가 들렸다. 기사가 렉트로에게 누군가 부른다고 말했다. 그러나 렉트로는 곁에 없었다. 크레인 기사가 큰 소리로 외쳤다. "에이, 꿈이잖아. 모두 가짜였어." 그러자 렉트로가 다시 나타났고, 모든 것이 다시 사실처럼 보였다.

누군가 부르는 소리를 기사가 다시 들었을 때 렉트로는 사라졌고, 파란 연기가 하늘로 올라갔다. 밑에서 자꾸만 누군가 부르는 소리가 났고, 사방이 캄캄한데 애타게 부르는 소리가 한 번 더 났다. 애절한 목소리였다.

기사는 밖으로 나가 쇠기둥을 붙잡았다. 단단하고, 차가운 철근이었고, 금의 흔적은 조금도 남아 있지 않았다.

그래서 그는 고래 기름 등불을 들고 밑으로 내려갔다. 제일 아래 발판에 독수리가 슬픈 표정으로 앉아 있는 것이 보였다.

기사가 물었다. "무슨 일이니?"

"날 수가 없어요." 독수리가 말했다.

기사는 독수리의 날개가 부러진 것을 보고 독수리를 조심스럽게 들어 집으로 데리고 갔다. 그런 다음 부러진 날개에 생선뼈로 부목을 대고, 흰색 천으로 붕대처럼 감아 주었다. 그리고 독수리에게 먹을 것과 마실 것을 주고, 따뜻한 팬티도 입혀 주었다. 기사가 밖으로 나가 바다에 불을 비칠 때 독수리는 잠이 들었다.

독수리가 다시 건강해지자 기사에게 말했다. "이제는 낚시하지 마세요. 물고기는 내가 대신 잡아다 줄게요. 어떤 생선을 제일 좋아하세요?"

기사가 말했다. "대구."

바다 위로 날아간 독수리는 둥글게 원을 그리며 날더니 대구가 물위로 올라올 때까지 기다렸다. 한 마리가 수면 위로 떠오르자 화살처럼 아래로 내려가 물고기를 움켜잡았다.

"여기 있어요. 대구요." 독수리가 기사에게 말했다. 기사는 깜짝 놀랐지만 무척 좋아했다. 그러나 가끔은 독수리가 바다에서 날카로운 눈빛으로 뚫어져라 쳐다보아도 물고기가 한 마리도 보이지 않을 때가 있었다.

"상어가 근처에

있어서 그럴 거야. 상어가 근처에 있으면 대구가 물 밖으로 나오지
못하거든. 상어라는 놈 아주 고약하지." 기사가 말했다.

상어가 낮에 크레인 근처에 나타나면 기사가 독수리에게 말했
다. "가서 한 방 먹여 줘!" 그럼 독수리가 상어에게 달려가 소리쳤
다. "지옥에나 떨어져라!" 그런 다음 날카로운 주둥이로 상어의 등
에 구멍을 내고는 꼬리지느러미에 맞지 않으려고 잽싸게 위로 날
아올랐다. 그렇게 하고 오면 기사와 독수리는 집 앞에 앉아 박하사
탕을 빨며 즐거워했다.

　그렇게 해서 크레인 근처에 나타난 상어들의 등에 구멍이 생기게 되었다. 그러나 그것들이 바다에서 고약한 짓을 많이 하고 다니기 때문에 그것들을 불쌍하게 생각할 필요는 없다. 어찌 보면 그것들은 인간 해적보다 더 나쁘다.

　일요일에 크레인 위를 산책하면서 기사가 독수리에게 말했다. "이제는 네가 나의 가장 소중한 친구야. 오늘밤에 내가 너한테 비밀을 털어놓을게. 비밀을 지켜 줄 수 있지?"
　"독수리들은 모두 입이 무거워요." 독수리가 말했다. 그런 다음 그들은 크레인 위에 걸터앉아 밤이 오기를 기다렸다.

　달이 아직 뜨지 않아 사방이 캄캄할 때 기사는 독수리와 함께 집으로 들어가 문과 창문을 꼭 닫았다. 그런 다음 독수리에게 다가가 독수리만 들을 수 있는 작은 목소리로 속삭였다. "아직은 크레인이 멀쩡해."

　그러면서 그는 조종실을 가리켰다. "기름을 듬뿍 발라 주어서 모든 것이 정상이야. 휘발유만 있다면 얼마든지 일할 수 있어. 이건 우리끼리만 알고 있는 비밀이야." 기사가 속삭였다.

독수리가 고개를 끄덕였고, 기사 말고는 자기만 그 비밀을 알고 있다는 것에 대해 무척 자랑스러워했다. 물론 신은 그것을 알고 있겠지만 신이 그것에 대해 무슨 상관을 할 것 같지는 않았다.

봄에 독수리는 바닷물에 둥둥 떠내려온 병을 기사에게 갖다주었다. 그것은 그가 몇 년 전에 배를 향해 던졌던 병이었다. 그런데 그 안에 다른 편지가 들어 있었다. 기사는 무척 기뻐하며 독수리의 깃털을 쓰다듬고 로렐라이를 휘파람으로 불면서 외쳤다. "편지가 왔다. 편지가 왔어!"

편지에는 이렇게 적혀 있었다.

> 손전등 배터리 같은 것은 여기 없슈. 대신 나는
> 감자 농사를 짓고 있슈. 댁은 배 갖고 있으슈?

기사는 독수리에게 편지를 여섯 번이나 큰 소리로 읽어 주었다. 그리고 이렇게 말했다. "우리에게 친구가 생겼어. 저기 큰 산 너머에 있는 섬에 살고 있는 사람일 거야. 거기에서 감자 농사를 짓고 있대. 글씨체로 보아 나이가 많은가 봐."

독수리가 직접 날아가서 보고 오려고 했지만 멀쩡한 독수리에게
도 그렇게 먼 거리는 쉽지 않은 일이었다. 더구나 날개를 다친 그
에게는 잘못하다 바다에 추락해 상어 밥이 될 수 있는 위험한 일이
었다. 크레인 기사는 곧 바로 답장을 썼다.

> 아니오, 없어요. 저는 크레인에서 살고 있어요. 하루종
> 일 녹을 긁어내고, 밤중에는 배들을 위해 바다에 불빛을
> 비춰 주지요. 저는 독수리와 함께 살면서 물고기를 잡아
> 먹어요. 안녕히 계세요.

가을이 되어 바람이 다시
반대 방향으로 불었다. 기사
는 편지를 넣은 병을 독수리

76

에게 건넸다. 독수리는 최대한 멀리 날아갔지만 큰 산을 넘어가지
는 못했다. 그래서 병을 바다에 빠뜨렸다. 크레인 기사는 그것을
보면서 병이 감자 농사를 짓는다는 농부의 손으로 잘 찾아가 주기
를 간절히 빌었다.

독수리는 큰 산 앞에 상어 떼들이 몰려 있는 것을 보았다.
"한 30마리쯤 되는 것 같았어요. 아니 40마리쯤. 바닷물이 온통
시커멓게 보였고, 상어들 등에 모두 구멍이 뚫려 있었어요."
독수리가 기사에게 말했다.
기사는 심각한 표정으로 귓바퀴 뒤를 긁으며 되물었다. "3, 40 마
리나 된다고? 모두 등에 구멍이 나 있어? 상어 3, 40 마리?"
"최소한 그렇게 되어 보였어요. 놈들이 우리를 공격할까요?" 독
수리가 걱정스럽게 물었다. 기사는 독수리를 들고 집으로 들어가
문과 창문을 닫은 다음 말했다. "상어들이 큰 산 앞에 100마리쯤
모이게 되면 이리로 몰려와 크레인을 넘어뜨리려고 공격할 거야."
기사와 독수리의 얼굴이 둘 다 창백하게 변했다.

기사가 말했다. "난 두렵지 않아."

"나도요." 독수리가 말했다. 기사는 드라이버를 갖고 와 나사들이 잘 조여져 있는지 하나씩 살폈다. 모두 잘 조여져 있었다. 쇠기둥이 녹슬지 않아 탄력이 있었고, 부서질 징후가 전혀 보이지 않았다. 기사가 크레인 제일 꼭대기에서 중요하지 않은 철근 토막을 고정하는 나사를 풀었다. 그리고 연장통에서 날을 가는 것을 꺼내 빼낸 철근 토막의 끝을 날카롭게 갈았다.

그는 그것을 하루동안 꼬박 갈았다. 배를 위해 등불을 흔드는 일은 독수리가 맡아서 하면서 때때로 바다로 날아가 상어 떼들을 살펴보고 돌아왔다. 기사가 일을 끝냈을 때 철근 토막의 끝이 제법 길고 바늘처럼 날카롭게 되었다.

"상어들이 아직도 큰 산 앞에 모여 있어요. 숫자가 점점 많아지고 있어요." 독수리가 말했다.

기사는 낚싯줄을 질긴 밧줄로 만들고 그 끝에 날카로운 철근 토막을 묶었다.

"준비 다 됐어." 기사가 비장한 표정으로 말했다. 그는 크레인의 맨 꼭대기로 올라가 바다를 둘러보았지만 상어들은 오지 않았다. 더 많은 상어들이 모일 때까지 기다리고 있는 상어떼 위로 독수리가 동그란 원을 그리며 날아다녔다.

월요일이 되자 바다로 나간 독수리가 크레인을 향해 쏜살같이 돌아오면서 멀리서부터 외쳤다. "상어들이 오고 있어요!"

기사는 근육을 단련시키기 위해 크레인 위에서 준비운동을 했고, 독수리는 주둥이를 더욱 날카롭게 세웠다. 커다란 시커먼 그림자가 점점 다가오고 있을 때 그들은 두 마리 호랑이처럼 몸을 잔뜩

웅크린 채 바닥에 앉아 코로 길게 숨을 내쉬었다. 기사는 몸을 밧줄로 묶고, 날카롭게 간 철근 토막은 오른쪽 손, 낚싯줄은 왼쪽 손에 움켜쥐었다. 그렇게 하고 서 있는 그는 마치 동상 같았다.

상어들이 크레인에 바짝 다가왔을 때 파도가 철썩이는 소리를 냈다. 정말 어마어마한 숫자의 상어들이 몰려오고 있었다.

첫 번째 상어가 쇠기둥을 향해 몸을 세게 부딪치자 다른 상어들도 똑같이 따라했다. 많은 상어들의 몸이 두 동강이 났다. 상어들이 크레인을 빙 둘러 에워쌌다. 파도가 철썩이며 하얀 포말을 일으켰다. 머리에 피가 나는 상어도 많았지만 워낙 숫자가 많다 보니 크레인이 흔들렸고, 나사에서 삐걱거리는 소리가 났다. 기사는 날카로운 철근 토막을 시커먼 바다를 향해 던졌다. 그가 워낙 강한 힘으로 던져서 상어의 등을 뚫고 들어간 철근은 배를 뚫고 나왔다.

그는 밧줄에 묶인 철근 토막을 끌어올려 다시 던졌고, 독수리는 상어들 위로 날아가 수면 위로 나오는 상어들의 머리를 쪼았다. 그러나 그 숫자가 좀체 줄어들지 않았다. 상어들이 지르는 비명소리와 함께 쇠기둥 하나가 옆으로 휘어지려고 했다. 그러나 쇠는 휘어

졌지만 기사가 몸을 밧줄에 묶어 두고 있어서 큰일은 일어나지 않았다.

크레인이 여전히 넘어지지 않자 상어들이 갑자기 돌아서더니 멀리 달아났다. 그러나 싸움이 그것으로 끝난 것은 아니었다. 그들이 먼 곳으로 나가 함께 모여 상의하다가 다시 떼를 지어 몰려오는 것을 독수리가 먼저 보았다. 그들은 크레인을 한쪽에서 밀어 넘어뜨리기로 결정한 모양이었다. 기사는 "하느님, 제발 저들이 그냥 옆으로 지나가게 해 주세요!"라고 간절히 기도했다.

그러나 그들은 옆으로 지나가지 않았다. 상어들이 크레인의 한쪽에 다 모여 크레인을 힘껏 밀었다. 이번에는 크레인이 바닥까지 흔들렸지만 그래도 넘어지지 않았다. 그러자 그들은 다른 쪽으로 가서 다시 밀었다. 그들이 계속 이쪽저쪽으로 옮기며 크레인을 넘어뜨리려고 했고, 그 사이 바다는 피로 물들었다. 바다에 사는 다른 동물들이 멀리서 그것을 보며 몸을 부들부들 떨었다.

저녁이 되자 상어의 숫자가 아침에 절반 정도밖에 되지 않았다. 그리고 크레인은 여전히 우뚝 서 있었다. 그때서야 비로소 상어들이 포기하고 돌아갔다.

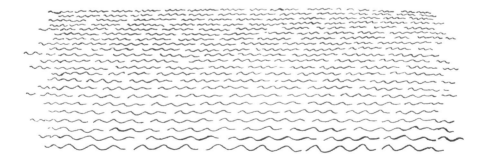

이 그림을 보면 작은 물고기
들이 얼마나 나쁜 장난꾸러기
들인지 알 수 있다. 그러나 사
람들은 작은 물고기를 보고 그
런 생각을 하지 않는다.

다시 큰 산 앞에 모인 상어들은 크레인을 쓰러뜨리지 못한 원인을 서로 다른 상어의 탓으로 돌렸다. 그러자 화가 난 상어들이 서로를 덮치며 싸웠다.

"우리 저녁에 뭐 먹어요?" 독수리가 물었다.

"대구." 기사가 말했다.

그들은 먼저 집안으로 들어가 벽에 기대고 앉았다. 눈이 스르르 감겼고, 곧 바로 잠이 들었다. 바다는 다시 잠잠해졌다.

그날 이후부터 바다에는 몸에 구멍이 뚫려 있어서 바닷물이 한쪽 구멍으로 들어가면 반대 방향으로 나오고, 작은 물고기들이 그곳을 통과하는 상어들이 많아졌다. 기사와 독수리는 그것을 볼 때마다 무척 즐거워했다.

어느 날 독수리가 집안에서 트럼펫을 발견했다.

"이것 마법으로 만들어진 거예요? 동화에서 보면 옛날 트럼펫이 마법으로 만들어지는 이야기가 있잖아요." 독수리가 말했다.

"아니. 렉트로가 나를 위해 사다 준 거야. 내가 제일 아끼는 트럼펫이지." 기사가 말했다.

"트럼펫 불 수 있어요?" 독수리가 물었다. "트럼펫 소리 듣는 것 너무 좋아하는데."

기사는 불지 못한다고 했다. 그러나 다음 날부터 그는 날마다 저녁이 되면 바닥에 앉아 트럼펫을 불었고, 그의 맞은 편에 앉은 독수리는 고개를 옆으로 삐딱하게 기울였다.

"너는 왜 내가 트럼펫만 불면 고개를 옆으로 기울이냐?" 기사가 독수리에게 물었다. "음이 틀려서요." 독수리가 말했다. "우리 독수리들은 틀린 음을 들으면 고개가 저절로 돌아가거든요."

"난 틀리지 않았는데……." 기사가 말했다. 그렇게 말하면서 그는 자기도 트럼펫을 불 때 머리가 어깨 위에 비스듬히 꺾이는 것을 보고 신기해 했다. 그래도 그는 날마다 연습을 계속했다. 저녁마다 연습했고, 일요일에도 했다. 그는 점점 더 빠르고 큰 소리로 불 수 있게 되었다. 독수리가 여전히 고개를 옆으로 기울여도 그는 별로 상관하지 않았다. "습관이겠지. 난 괜찮아." 그렇게 말하고는 계속 트럼펫을 불었다.

겨울이 되어 성탄절이 다가올 때쯤 기사는 물고기를 잡아오라며 날마다 독수리를 바다로 내보낸 다음 하루 종일 성탄절 노래를 연습했다. 성탄절이 되었을 때 그는 트럼펫을 등 뒤에 감춘 채 독수리에게 물었다. "내 등 뒤에 뭐가 있지?" 그가 독수리에게 물으며 살짝 윙크했다.

"몰라요. 오르간이라도 있나요?"
"말도 안 되는 소리. 난 마법사가 아냐." 기사가 말했다.

"나무토막." 독수리가 말했다.

"아냐. 그건 작년에 주웠었지." 기사가 말했다.

"그럼, 뭘 갖고 있는데요?"

"얍! 트럼펫!" 그가 다시 윙크를 하며 큰 소리로 웃었다. 그가 윙크하는 것을 본 독수리도 소리내어 웃었다.

"내가 지금부터 너한테 무슨 노래를 연주할 것 같으냐?"

"로렐라이요." 독수리가 말했다.

"틀렸어." 기사가 그렇게 말하고는 환하게 웃는 얼굴로 말을 이었다. "그것보다 훨씬 더 아름다운 곡이야. 성탄절 노래를 불어 줄게."

독수리는 고개가 옆으로 꺾여도 기사가 눈치채지 못하게 하려고 쇠기둥에 몸을 기댔다. 기사가 트럼펫을 손에 들고 맑고, 고운 음으로 성탄절 노래를 불었다.

처음에는 소리가 낮고, 가녀리게 나왔지만 나중에는 점점 강해지더니 마지막에는 수백 대의 오르간을 한꺼번에 연주하는 것처럼 장엄하게 밤하늘을 뒤덮었다. 바람이 그 소리를 다시 반짝반짝 빛나는 얼음 구슬로 바꾸어 큰 산 뒤에 있는 별까지 몰고 갔다.

기사와 독수리는 밝게 황금처럼 빛나는 천사가 이 별에서 저 별로 날아다니는 것을 보았다. 그들은 하늘을 쳐다보면서 기적이 일어났다는 것과 사랑스러운 신이 그들을 잊지 않고 있다는 것을 느끼며 입을 다물지 못했다. "수백 대의 오르간 같아." 기사가 속삭였다. 기사와 독수리는 숙연해졌다.

봄에는 편지가 오지 않았다. 기사는 몹시 슬퍼했다.

"그 사람이 왜 편지를 쓰지 않을까?" 그는 여름 내내 투덜댔다.

가을이 되었을 때 기사가 감자 농사를 짓는다는 농부 앞으로 다시 편지를 썼다. 상어와 싸운 이야기, 트럼펫으로 체험한 기적에 대한 이야기를 썼다. 모든 것을 있는 그대로 썼다. 그리고 편지를 병 안에 넣고 바다에 띄워 보냈다.

이듬해 봄에 편지가 각각 하나씩 들어 있는 병 두 개가 바닷물에 떠내려왔다. 감자 농사를 짓는 사람이 적어 보낸 편지였다.

> 여기는 새 없슈. 바다와 개와 감자밭과 나만 있슈. 그리고 해도 있고, 밤에는 별도 있슈. 나는 별을 하나 갖고 있슈. 오른쪽에서 삼백육십다섯 번째 별이 내 꺼유. 댁이 갖고 있다는 트럼펫은 어떻게 생겼슈?

두 개의 병 안에 감자가 한 톨씩 들어 있었다. 편지를 열두 번 읽은 다음 기사는 감자 두 개를 삶았다. 기사와 독수리는 문과 창문을 꼭 걸어 잠그고 감자를 각자 하나씩 먹었다. 다 먹은 다음 벽에 몸을 기대고 앉아 기사가 독수리에게 조용히 말했다. "감자와 소금은 하느님이 우리에게 주신 선물이야."

기사가 가을에 감자 농사를 짓는 농부에게 편지를 쓰려다가 독수리에게 말했다. "트럼펫이 어떻게 생겼다고 말해야 되지? 뭐라고 쓸까?"

독수리가 말했다. "그림으로 그려요."

"난 그림 못 그려." 기사가 말했다. 그러자 독수리가 말했다. "한 번 해 보세요." 기사가 연습해 보았다. 이렇게 그렸다가, 저렇게 그려보면서 나흘 동안 연습했지만 그림이 제대로 그려지지 않았다. 독수리가 그림을 볼 때마다 똑같은 말을 했다. "이런 트럼펫은 불어도 소리가 나지 않아요." 마지막으로 그린 것이 제대로 완성됐다.

기사가 이번에는 이렇게 그리자 독수리가 말했다. "둥그랗게 그려지지 않았어요. 트럼펫은 둥그랗잖아요."

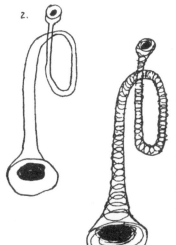

1.

2.

기사가 이렇게 그리자 독수리가 말했다. "이제는 트럼펫이 둥그랗게도 되었고, 위, 아래에 구멍도 뚫려 있네요. 그런데 이렇게 생긴 것으로는 연주를 못 해요."

기사가 처음에 이렇게 그려 놓자 독수리가 말했다. "위, 아래에 구멍을 뚫어 놓는 것을 잊었네요."

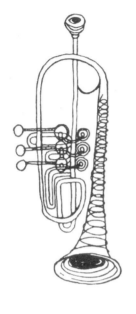

기사는 며칠 동안 연습을 거듭했다. 트럼펫을 그리는 것이 새 ⟨새 그림⟩를 그리는 것이나 뒤에서 본 토끼 ⟨토끼 그림⟩를 그리는 것보다 훨씬 어렵기 때문이었다.

드디어 트럼펫이 제대로 그려졌다.

겨울이 되자 기사가 독수리에게 말했다. "우리도 각자 별을 하나씩 골라 보자. 우리 마음대로 별을 하나씩 가져도 괜찮을까?"

"당연히 괜찮죠." 독수리가 말했다.

그래서 그들은 별을 하나씩 정해 놓고 매일 저녁 긴장의 눈빛으로 하늘을 올려다보며 별이 뜨기만을 기다렸다. 독수리가 눈이 더 좋기 때문에 늘 먼저 말했다. "저기 내 별이 뜬다." 언제나 기사가 자기 별을 보기 한참 전에 그랬다. 그래서 기사는 화를 냈고, 그들은 예전처럼 친한 친구 사이가 아니었다.

일요일에 기사가 말했다. "이제부터는 다 바꾸어 버릴 거야. 하루는 한 시간이고, 일주일은 하루고, 한 달은 일주일이고, 일 년은 한 달로 정해 놓겠어. 그럼 난 매달 편지를 받아볼 수 있어."

독수리가 말했다. "그건 안 돼요. 밤은 날마다 꼬박꼬박 찾아올 거예요. 그럼 그때마다 불빛을 비쳐 주어야 되잖아요."

"내가 배에 편지를 쓸 거야. 여기 크레인에서는 하루가 한 시간이라고. 그렇지만 밤마다 불빛을 비쳐 주는 일은 해 줄 거야." 독수리가 말했다. "그럼 해는요? 해도 날마다 뜨잖아요. 그렇게 하면 한 시간마다 내 별이 뜨게 되는 거예요. 그럼 우리는 언제 자요?"

"다 할 수 있어." 기사가 말했다.

독수리는 벌써 오래 전부터 고개를 옆으로 삐딱하게 기울였다. 그것을 보고 기사가 화를 냈다. "우리 둘 중에 누가 대장이지? 대장은 바로 나야. 그리고 우리는 앞으로 매달 편지를 받을 거야." 다음 날 아침 기사가 독수리에게 말했다. "너 때문에 모든 것이 엉망진창이 되어 버렸어. 이제부터는 너랑 말도 하지 않을 거야." 그날이후부터 그들은 서로에게 아무 말도 하지 않았다.

기사는 다시 물고기를 직접 잡았다. 독수리는 크레인의 제일 후미진 곳에 앉아 바다를 쳐다보았다. 날씨가 추워지면 그들은 둘 다 방안에 틀어박혀 있었지만 각자 서로 반대 방향에 있는 구석을 찾아 앉았다. 기사가 트럼펫을 불면 독수리는 고개를 옆으로 삐딱하게 기울였다. 그들은 둘 다 몹시 외로웠고, 하루하루가 모래알처럼 손가락 사이를 빠져나가는 것 같았다.

그들은 서로에게 더 이상 아무 말도 하지 않았다.

어느 봄날 독수리는 크레인의 가장자리에 앉아 있었다. "병." 독수리는 그 말을 기사가 겨우 들을 수 있을 정도로 작게 말했다. 그 말을 듣고 기사가 크레인의 가장자리로 가서 바다를 내려다보았다. 그는 시무룩한 얼굴로 한 마디 말도 하지 않았다.

그들은 더 이상 아무 말도 하지 않았다.

그날 밤 기사는 잠을 통 자지 못했다. 다음 날 아침 그는 녹을 긁어 내는 일을 하지 않고 크레인의 가장자리에 앉아 침울한 얼굴로 바다를 쳐다보았다.

사흘째 되는 날 기사가 독수리에게 작게 말했다. "그 사람이 과연 편지를 보내 줄까?"
독수리가 말했다. "매일 아침이 되면 해가 떠올라요. 그리고 하루는 그냥 하루예요."

기사가 말했다. "맞아."

독수리가 바다 위를 날아가 병을 갖고 왔다. 기사와 독수리는 함께 기뻐하며 박하사탕을 먹었다. 기사가 트럼펫을 불면 독수리는 옆으로 기울인 머리를 보이지 않으려고 어둠 속으로 날아갔다.

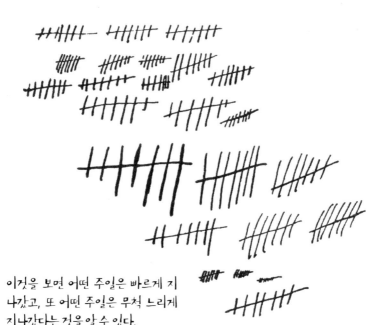

이것을 보면 어떤 주일은 빠르게 지나갔고, 또 어떤 주일은 무척 느리게 지나갔다는 것을 알 수 있다.

바다에서 몇 년이 지나갔다. 어느 날 아침 독수리는 바다에서 연기가 피어오르는 것을 보았다. 독수리가 기사를 깨우며 말했다.

"바다에서 연기가 나요!"

"배가 오고 있구나. 큰 산 뒤에서 배가 오고 있을 거야. 어서 가서 배에 대포가 실려 있는지 보고 오렴." 기사가 말했다.

독수리가 돌아와서 말했다. "그런 것은 없었어요."

그 말을 듣고 기사는 전쟁이 끝났다는 것을 알고 무척 기뻐했다.

어느 날 아침 독수리가 다시 기사를 깨우며 말했다. "큰 산 옆에 섬이 생겼어요."

기사가 너무 기쁜 나머지 다리가 후들거려서 양손으로 크레인을 꼭 잡고 일어났다. 하마터면 크레인에서 추락할 뻔했다. "그럼 사람들이 제방을 쌓기 시작한 거야. 바닷물을 밖으로 내보내려는 거지. 전에는 여기가 모두 땅이었거든. 이제부터 이 주변이 모두 초록색으로 변하게 될 거야. 나무가 자라고, 풀밭도 생기고 꽃도 피어날 거야." 기사가 흥분을 감추지 않으며 소리쳤다.

　그는 트럼펫을 들고 로렐라이를 빠른 속도로 분 다음 집안으로 들어갔다. 그리고 문과 창문을 꼭 닫고 독수리와 함께 벽에 기대고 앉아 꽃과 풀밭과 나무를 상상했다.

기사와 독수리는 크레인의 맨 꼭대기에 밤낮으로 앉아 바다에서 땅이 솟아오르는 모습을 지켜보았다. 마지막까지 남아 있던 바닷물이 다 빠져 나가자 큰 산 옆의 땅이 녹색으로 변했다. 땅에는 호수만 몇 개 남았고, 크레인은 여전히 큰 바다에 서 있었다.

어느 날 저녁 해가 큰 산 너머로 질 무렵 낯선 사람이 바닷가에 서 있는 것이 보였다.

그는 어깨에 감자 자루를 짊어진 채 허공에 팔을 휘저으며 소리쳤다. "안녕하슈? 안녕들하슈!"

기사가 그것을 보고 팔을 휘젓고, 트럼펫을 분 다음 독수리에게 물고기를 들려 바다로 내보냈다.

그들은 해가 큰 산 너머로 질 때까지 서로를 쳐다보았다.

마치 오랫동안 사귄 친구들 같았다.

별이 뜨자 감자를 갖고 온 사람이 다시 돌아갔다.

바람이 큰 산의 구름들을 아래로 몰아왔다. 땅까지 낮게 내려온 구름들은 밤에 바닷물을 들이마셨고, 일요일이 열여섯 번 지나자 크레인 주변의 바닷물도 사라졌다. 강물이 다시 모습을 드러냈다.

어느 날 아침 따스한 안개가 땅을 감쌌다. 해가 뜨자 안개가 사라졌고, 노란 꽃이 피어났다.

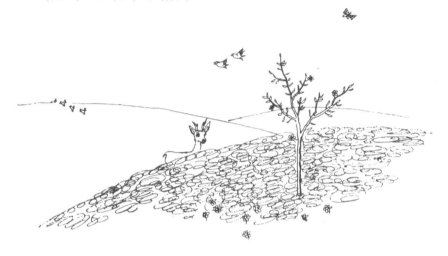

사방에 꽃들이 피어나고, 덤불이 생기고, 작은 나무들이 자라났다. 기사와 독수리는 동물들이 다시 돌아오는 것을 보았다. 새, 토끼, 사슴, 울긋불긋한 나비들. 어디를 보든 봄이 완연했다. 마지막으로 사람들이 큰 산을 넘어와 도시를 만들기 시작했다. 농부들은

농토를 만들고 씨를 뿌렸다. 그렇지만 모두 낯선 사람들이었고, 크레인이 있는 곳까지 다가오는 사람은 아무도 없었다.

은빛 사자만 그렇게 했다. 달이 뜨면 은빛 사자는 강물을 따라오면서 좌우를 살폈다. 그 모습을 내려다보던 기사가 독수리에게 말했다. "저건 렉트로의 사자야. 그 친구는 이제 꿈에서밖에 못 만나."

"아직은 기계가 멀쩡해." 기사가 독수리에게 날마다 말했다. "휘발유만 한 통 있으면 얼마든지 다시 작동시킬 수 있어."

그러나 그들에게는 돈이 없었다. 그들이 갖고 있는 것은 별뿐이었다. 그리고 그들 앞에는 꽃과 은을 풀어 놓은 것처럼 보이는 강물만 있었다. 마치 천국 같았지만 그들에게는 돈이 한푼도 없었다. 독수리가 말했다. "은빛 사자에게 물어 볼게요. 지혜로우니까 뭔가 알고 있을 지도 몰라요."

어느 날 저녁 그들은 크레인의 제일 아래 발판에 앉아 은빛 사자를 기다렸다. 그들은 각자 손에 꽃을 한 송이씩 들고 있다가 은빛 사자가 다가왔을 때 인사했다. "안녕하세요?"

은빛 사자가 그들을 가만히 쳐다보았다. "왜 그러지?" 기사가 독수리에게 물었다. 독수리가 말했다. "노래를 생각하는 것 같아요."

"나 로렐라이하고 성탄절 노래 연주할 수 있는데." 기사가 얼른 말했다. "트럼펫도 갖고 있어요." 은빛 사자가 고개를 가로 저었다.
"휘발유가 필요한데 우리에게는 돈이 없어요. 어떻게 하지요?"
독수리가 묻자 은빛 사자가 밑을 가리켰다. 그리고는 멀리 가 버렸다.

"찾으라는 말인가 봐요." 독수리가 말했다.

"돈이 찾는다고 생기는 게 아냐." 기사가 말했다. "일을 해서 버는 거지." 그렇지만 독수리가 다시 말했다. "가끔은 동전 같은 것을 주을 수도 있어요."

독수리가 땅 위를 날아가며 돈을 찾아보았지만 동전을 발견하는
경우는 극히 드물었다.

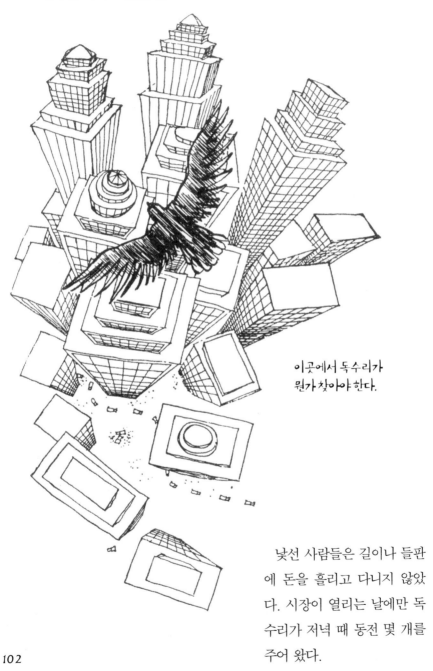

이곳에서 독수리가
뭔가 찾아야 한다.

낯선 사람들은 길이나 들판
에 돈을 흘리고 다니지 않았
다. 시장이 열리는 날에만 독
수리가 저녁 때 동전 몇 개를
주어 왔다.

휘발유 한 통 값은 400페니히였다. 3년 동안 그들은 400페니히를 모았다. 독수리가 곧바로 주유소로 날아가서 말했다. "여기 400페니히 있어요. 휘발유 한 통 주세요."

그러자 주유소 직원이 너털웃음을 웃으며 말했다. "3년 전에는 400페니히만 내면 살 수 있었지. 그렇지만 그 사이에 물가가 비싸졌어. 이제는 1,200페니히란다."

저녁 때 그들은 다시 크레인의 제일 아래 발판에 앉아 은빛 사자를 기다렸다.

"안녕하세요?" 자정 무렵 나타난 사자를 보고 그들이 소리쳤다. 은빛 사자는 그들을 그윽한 눈빛으로 쳐다보았다.

기사가 말했다. "모든 것이 다 비싸졌어요. 휘발유 한 통을 사는 데 이제는 1,200페니히가 있어야 된대요. 겨우 400페니히밖에 없는데 어떻게 하지요?"

은빛 사자가 강둑으로 가서 앞발을 촉촉하게 적시고는 강물을 따라 다시 가 버렸다.

그가 가고 난 다음 강둑을 살펴보자 사자가 뚝뚝 흘리고 간 강물이 은구슬이 되었다. 독수리는 그것들을 모아 자루에 담았다.

주유소 직원이 독수리가 은으로 값을 지불하자 눈을 동그랗게 뜨며 놀라워했다. 그는 다섯 번이나 몸을 깊숙이 숙이며 인사했다. "고맙습니다. 독수리 님. 감사합니다."

저녁 때 기사는 휘발유를 크레인에 붓고 모터를 작동시킨 다음 크레인을 오른쪽 왼쪽, 위아래로 움직였다. 모터가 잘 돌아갔고, 집게도 원하는 방향으로 척척 움직였다. 모든 것이 옛날과 똑같았다.

그러나 하느님과 기사 그리고 독수리 말고는 아무도 그 사실을 알지 못했다. 기사와 독수리는 무척 기뻐하며 밤새도록 노래를 불렀다.

가을에 일꾼들이 크레인을 분해하려고 연장을 갖고 트럭을 타고 찾아왔다. 기사가 트럼펫을 분 다음 아래를 향해 소리쳤다. "여기 위에 사람 있어요!" 그러자 일꾼들이 사람이 있다는 것을 알고 깜짝 놀라 소리쳤다. "낡은 크레인에 올라가 뭐 하는 겁니까? 그만 내려오세요. 우리가 이 쇠들을 가져가려고 왔어요."

기사가 말했다. "이건 내 거요."
"말도 안 되는 소리! 어서 내려와요!" 일꾼들이 소리쳤다.

　기사가 말했다. "난 옛날에 여기가 바다로 변했을 때도 여기에 있었어요. 그 전에 항구가 있고, 도로가 있고, 기차역이 있었을 때도 여기에 있었고요. 내가 바로 그 유명한 크레인의 기사요." 일꾼들이 그의 말에 콧방귀를 뀌며 철근을 떼어 내는 작업을 시작하려고 했다. 독수리가 날아가자 그제야 그들이 도망치며 소리쳤다. "독수리다! 독수리다!"

이튿날 사람들이 트럭을 끌고 와 크레인을 실어 가려고 했다. 도시에 사는 사람들이 많이 찾아왔다. 전에 기사가 해적과 싸워 물리쳤을 때처럼 많은 사람들이 모였다. 그는 다시 해적 훈장을 가슴에 달고, 운전대를 잡았다. 기사가 하는 말을 믿지 못하다니! 그는 자기가 멀쩡하고, 크레인도 작동에 아무 문제가 없다는 것을 사람들에게 보여 주기로 했다. 독수리도 흥분하며 이리저리 날아다녔다.

사람들이 크레인을 실어 가려고 할 때 기사가 엔진을 켜고, 집게를 밑으로 내려보냈다. "크레인이 작동한다! 크레인이 작동한다!" 사람들이 혼비백산하며 소리 지르는 동안 기사는 일꾼들과 화물차를 집게로 들어올려 장난감처럼 강물에 떨어뜨렸다. 그리고 강둑으로 날아간 독수리는 책임자를 날개로 밀어 강물에 빠뜨렸다.

"정말 우리 대단하지? 확실하게 끝장 내 주었어." 기사가 독수리에게 말했다.

저녁 때 시의원들이 결단을 내리기 위해 시청에 모였다. 그들은 더 좋은 생각이 떠오르지 않아 월요일에 탱크부대 군인들을 보내 기사를 억지로 끌어내리기로 결정했다.

시장이 아직 선출되지 않아 장관 두 명이 시의 일을 맡아서 했다. 그들은 서로 시장이 되겠다고 날마다 싸웠다. 드디어 시장 선거를 하기로 한 날이 내일이 되었다.

사람들이 투표를 하고 표를 확인해 본 결과 두 명의 장관이 표를 똑같이 얻었다.
그 무렵 많은 사람들이 밤에 은빛 사자가 돌아다니는 것을 보았다는 말을 했다.

월요일 아침 시의원들이 장군을 찾아가 탱크를 돌려보내고, 크레인 기사를 더 이상 괴롭히지 말 것을 명령했다. 그래서 장군이 어떤 사람을 커다란 오토바이에 태워 탱크부대로 급히 보냈다. 그가 군인들을 향해 외쳤다. "모두 방향을 바꾸고, 크레인 기사를 괴롭히지 마라."

오후에 많은 사람들이 시내를 빠져 나와 크레인이 있는 곳으로 몰려왔다. 악단을 이끌고 두 장관 가운데 한 장관이 제일 앞에 서서 걸어왔다. 그들은 먼저 경쾌한 노래를 연주했다. 이어서 장관이 반짝반짝 빛나는 구두로 모래밭 위에 서서 위를 향해 소리쳤다.

"존경하는 기사님, 이제부터 당신은 더 이상 가난뱅이가 아니라는 것을 말해 주기 위해 우리가 이렇게 찾아왔습니다. 크레인 앞에 유리로 만든 대합실이 열두 칸이나 있는 기차역을 만들고, 강에는 하얀색 몸체에 기둥은 노란색을 칠한 증기선을 띄울 겁니다. 그리

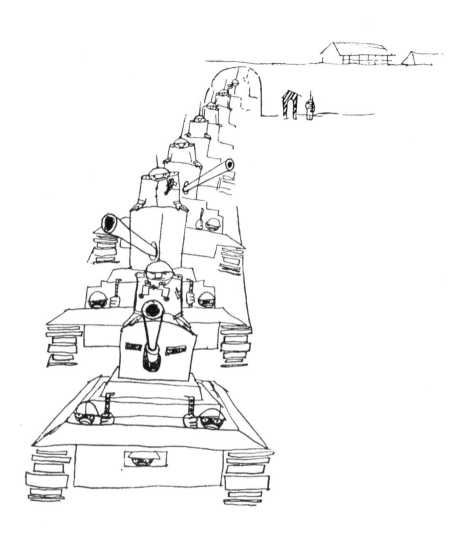

고 전국의 도로망은 모두 여기로 연결시키겠습니다. 이곳을 세계에서 가장 큰 항구로 만들고, 수천 개의 가로등이 있는 대리석 다리를 건설하고, 크레인도 열 개를 더 세울 겁니다." 사람들이 환호성을 질렀다. "브라보!"

"당신이 저를 시장으로 뽑아 준다면 당신을 수석 크레인 기사로 임명하고, 월급을 1천 마르크씩 주겠습니다. 감사합니다." 그는 몸을 깊숙이 숙이며 감사하다는 말을 열 번 정도 반복했다.

그 말을 듣고 독수리가 기사에게 말했다. "저 사람에게 트럼펫을
줘 봐요."

기사가 아래를 향해 소리쳤다. "트럼펫 불 줄 아세요?"

"난 뭐든지 다 할 수 있어요. 그것은 아주 재미있는 악기지요."
장관이 말했다.

트럼펫을 불 때 고개를 옆으로 삐딱하게 기울인 장관이 소리쳤
다. "기사님, 저를 시장으로 뽑아 주시면 기사님께 순금으로 만든
트럼펫을 선물로 드리겠습니다."

그러나 기사는 이렇게 말했다. "내일까지 생각해 볼게요." 그러
자 담배를 피우며 서 있던 사람들이 북소리를 내며 도시로 돌아갔
다. 사방에서 사람들이 큰 소리로 떠드는 소리가 들렸다. "크레인
기사가 분명히 우리 장관님을 시장님으로 뽑아 줄 거야! 브라보!
우리 시장님 만세! 만세!" 그 소리를 제일 크게 외친 사람에게 장
관이 맥주 다섯 병을 선물했다.

저녁 때 두 명의 장관 중에 다른 한 명의 장관이 들판을 가로질
러 크레인을 찾아왔다. 그는 해가 진 다음 밭에 무씨를 심고, 꽃에
물을 주느라 늦게 왔다고 했다.

"괜찮으세요?" 장관이 안부를 물어 본 다음 크레인의 제일 아
래 발판에 걸터앉아 기사에게 다시 물었다. "전에는 여기가 어땠
었나요?"

기사가 말했다. "도로가 하나 있었고, 기차 철로가 있었고, 강에 배들이 있었지요. 나머지는 다 나무들이었어요."

장관이 짧은 노래를 휘파람으로 분 다음 말했다. "우선 길을 만들고, 그 다음에 철로를 만들겠어요. 그리고 나중에 다른 도시에서 배들이 찾아오면 다리도 건설해야겠지요. 돈이 많지 않아서 모든 것이 다 갖춰질 때까지 시간이 많이 걸릴 거예요."

"이 크레인은 상태가 아직 좋아서 뭐든지 척척 해낼 수 있어요." 기사가 말했다.

기사가 장관에게 물었다. "혹시 트럼펫 불 수 있나요?"
장관이 못한다고 했다. 그러자 기사가 그에게 말했다. "한 번 해 보세요!"
노래라고 말하기는 어렵고, 소리를 잠깐 냈지만 트럼펫을 불 때 장관의 머리가 반듯했다.

다음 날 기사는 텃밭을 가꾼다는 장관을 시장으로 뽑았다.

모든 것이 시장이 말한 대로 이루어졌다. 사람들이 제일 먼저 도로를 만들었고, 시간이 한참 지난 다음 철로를 만들었다. 나중에 시간이 더 지나자 다른 도시에서 배들이 찾아왔다.

모든 것이 완성되었을 때 주변이 예전과 똑같은 모습이 되었다. 기사는 아침 7시에 사이렌을 울리고, 엔진을 작동시켰다. 기계 돌아가는 소리가 나고, 집게도 잘 움직였다. 기사는 집게를 오른쪽 왼쪽, 위아래로 부지런히 움직이면서 트럭이 덜컹거리며 다가오면 석탄과 소와 돼지를 담은 콘테이너 상자를 옮겨 실었다.

도시에서 바람이 불어오면 쇠에서 노랫소리가 작게 났다. 일요일에 기사는 가슴에 해적 훈장을 달고 크레인 위를 산책했다. 그럴 때마다 빵집 아이들은 그를 보고 소리쳤다. "트럼펫 좀 불어 주세요!" 겨울이 되면 석탄이 까마귀는 비교가 되지 않을 정도로 새카매졌다.

항구 위 높은 하늘에 독수리가 원을 그리며 날면서 트럭과 배의 숫자를 셌다. 저녁에 꽃에 물을 주고 난 다음 시장은 크레인을 찾아와 크레인의 제일 아래 발판에 걸터앉았다. 기사, 시장 그리고 그 사이에 독수리가 앉아 함께 박하사탕을 먹었다. 기사는 예전의 모습에 대해 말해 주었고, 시장은 가만히 귀 기울여 들으며 머릿속으로 꽃을 생각했다.

오랜 세월이 흘러갔지만 기사는 그 누구보다도 맡은 일을 잘 해냈다. 그러나 이제는 철근이 녹슬고, 나사도 단단히 조여지지 않았다. 도시가 점점 커지더니 날마다 더 많은 트럭들이 찾아왔다. 강에는 배들이 끝이 보이지 않을 정도로 줄을 지어 정박했다. "거의 1,000척은 되겠다." 독수리가 말했다. 그 사이 큰 다리도 만들어졌다.

어느 날 시장이 기사에게 말했다. "배가 수천 척이나 들어오고 있어서 이제는 크레인을 새로 만들어야겠어요."

"나도 알아요. 그리고 이 크레인은 그만 해체해야지요." 늙은 기사가 작은 소리로 말했다.

"그럼 당신은?" 시장이 물었다.

"나도 이제는 너무 피곤해요." 늙은 기사가 말했다.

월요일에 일꾼들이 망치와 끌을 갖고 와서 인사했다. "안녕하세요?"

늙은 기사가 땅으로 내려갔다.

땅에 내려선 기사에게 땅의 모든 것들이 낯설어 보였다.

그는 철근들이 무너지는 것과 크레인의 키가 점점 줄어드는 것을 보고 독수리에게 말했다. "쇠가 노래를 부른다."

"가자." 기사가 모자를 벗어들고 독수리에게 말한 다음 로렐라이를 휘파람으로 불었다. 그는 몹시 지쳐 보였다.

로렐라이를 휘파람으로 불며 멀리 떠나는 기사와 독수리 옆에 누군가 같이 가는 것처럼 보였다. "은빛 사자다!" 한 아이가 소리쳤다.

시장이 말했다. "지혜로운 분."

사람들이 모자를 벗어들고 기사의 모습을 지켜보았다. 멀리 걸어가는 그의 모습이 점점 작아지더니 큰 산 너머로 완전히 사라졌다.

책을 옮기고 나서

〈크레인〉을 스무 번쯤 읽었다. 원래 번역을 하려면 원작을 많이 읽기는 한다. 그러나 이번에는 작가가 말하려는 것이 무엇인지 감이 잡히지 않아 작업을 시작하기 전에 여러 번 읽었다. 마지막으로 머리에 떠올라 쉽게 사라지지 않았던 말은 '책임지는 사랑'이었다. 그 말이 〈크레인〉과 잘 연관된 말인지는 잘 모른다. 다만 책을 다 읽고 난 다음의 내 감상은 그 말로 잘 표현되었다.

50년대 전쟁이 끝난 후 폐허가 된 땅 이곳저곳에 크레인이 들어섰다. 날마다 활발하게 움직이는 재건 현장에서 크레인은 평화로운 과거로 복귀하려는 꿈의 원동력이며 변화의 원천이었다. 그러한 시대적 상황에도 불구하고 라이너 침닉이 그린 〈크레인〉은 다분히 서정적이고, 철학적이다.

작가가 직접 그린 흑백 삽화와 삐뚤빼뚤한 글씨들은 폐허의 현실을 적나라하게 표현해 준다. 뿌얀 흙먼지가 흩날렸을 거리를 중절모까지 갖춰 쓰고 정장 차림으로 돌아다니는 '깨끗한' 정치인들과 바쁘게 망치질하는 인부들의 힘찬 손놀림 그리고 예쁜 풀밭에서 종종 사색을 즐기는 친구의 맑은 마음을 파란 모자를 눌러쓰고 홀연히 나타나 크레인으로 성큼 올라선 크레인 기사는 위에서 내려다보았다.

그는 젊은이들이 전쟁터에 군인으로 징집되어 나가고, 감자를 심으며 미래를 준비하는 농부가 살아가는 현실 세계에서 크레인의 높이 만큼 벗어나 있었다. 정확히 49미터 위로 올라간 그는 줄곧 그 자리를 지킨 채 세상이 자기가 소망하는 바 대로 변화할 때까지 끈기 있게 기다렸다. 그리고 비로소 그때가 다가오자 사무치도록 사랑했던 크레인에서 조용히 내려와 멀리 사라져갔다.

〈크레인〉을 읽으면서 스위스에서 공부할 때 집매매와 관련해 흥미로운 경험을 했던 기억이 났다. 스위스에서는 주택을 살 때 돈만 있으면 쉽게 살 수 있는 것이 아니다. 집을 팔 사람이 살 사람의 관상을 보고, 그 사람이 자기가 오랫동안 살면서 애정을 갖고 가꾸어 온 집을 부득이 매매하지만 그 모습 그대로 간직해 줄 사람인지, 아닌지를 보고 구매자를 선택한다. 그러한 판단의 기준은 그 사람이 어떤 옷을 입고, 어떤 차를 타고 왔으며, 어떤 태도를 보이는지에 근거했다.

만약 살 집에 걸맞지 않게 화려한 차를 몰고 온 사람이 집을 사려고 했다면 그 사람이 자기가 살던 집을 깡그리 무너뜨리고 전혀 새로운 집을 만들 것 같은 불길한 예감 때문에 그 집을 선뜻 내주지 않았다. 비록 여러 사정으로 집을 떠나기는 하지만 자기가 살아

온 삶의 역사를 담고 있는 집에 대한 애정과 경의를 그렇게 표현했던 것이다. 그것은 돈으로 환산할 수 없는 의리요, 정이었다. 나에게는 소중한 가르침이었다.

〈크레인〉을 읽으면서 작가의 실력을 새롭게 인식했다. 이야기의 소재나 줄거리 혹은 사건들의 빈한함이 작품이 쓰여진 시대의 배경과 같다. 그러나 전쟁 후의 참담한 거리를 배회하면서 위용을 자랑하며 불쑥 솟아 있는 크레인을 소재로 삼아 쓴 감동적인 그의 글은 생텍쥐페리의 부드러운 심오함과 에리히 캐스트너의 날카로운 시선이 한데 녹아 있다는 평가를 받았다.

이웃 일본에서 1960년대부터 그의 모든 작품이 지금껏 출판되고 있는 것에 비하면 뒤늦게나마 이제라도 우리나라의 독자 앞에 이 책을 내놓을 수 있게 되어 다행스럽다. 독일어로 씌여진 책으로는 드물게 〈크레인〉은 미국에서도 출판되어 성공을 거두었다.

저자 라이너 침닉은 오기로 글을 쓰게 됐다. 가난한 미술 학도였던 그는 글에 맞는 그림을 그려 달라는 출판사의 부탁을 받고 원고를 읽어 보고는 그렇게 형편없는 글에 삽화를 그리지 못하겠다는 당돌한 말로 겨우 얻은 일자리를 놓치고 말았다. 그는 그런 과격한 비판을 하는 사람이라면 그것보다 더 나은 글을 쓰든지, 적어도 그 정도의 글을 쓸 줄 알아야 한다는 말을 출판사로부터 듣자 그 말에 오기가 발동해 내리 세 편의 작품들을 써서 발표했다. 그때 나온 작품들이 〈과녁 맞추기 선수 크사버〉, 〈낚시꾼 요나스〉 그리고 〈크레인〉이었다.

분노는 좋은 작품을 쓰는데 훌륭한 전제 조건이라고 한다. 그것이 상처 입은 사랑에 대한 강하고, 즉각적인 감정 표현이기 때문이다.

  처음으로 국내에 소개된 라이너 침닉의 작품이 우리나라에서도
많은 사랑을 받게 되기를 기대해 본다.

                                    대전에서 유혜자

라이너 침닉의 약력과 작품

주요 약력

1930년 오버슐레지엔의 보이텐에서 태어났다. 아버지는 공무원이었고 네 명의 형제자매가 있다.

1934 ~ 37년 흑판에 분필로 수 없이 많은 그림을 그렸다. (물론 지금까지 남아있는 작품은 하나도 없다. 그리고 나면 금방 손바닥으로 쓱쓱 지워버렸으니까.)

1936 ~ 44년 유치원, 초등학교, 고등학교를 다니다.

1945년 니더바이에른의 란츠후트로 이사하다. 목공 공부를 시작하다. 1948년에 기능사 시험을 마치다.

1952 ~ 57년 뮌헨 조형 예술 아카데미에서 공부를 마치고 프리랜서로 활동하다.

1956년 그간의 작품활동으로 독일산업협회에서 수여하는 장려상을 받다.

1958년 주 수도 뮌헨에서 수여하는 장려상을 받다.

1961년 로마 빌라 마시모의 장학금을 받다.

1987년 니더작센 주 슐레지엔 문화상의 장학금을 받다. 잘츠부르크 여름 아카데미에서 학생들을 가르치다.

작품 연보

1954년 첫 작품들 〈과녁 맞추기 선수 크사버〉〈낚시꾼 요나스〉〈곰과 사람들〉(글과 그림을 직접 쓰고 그린 시적이고 풍자적인 그림 이야기)이 세상에 나오다. 그 이후 여러 작품이 쏟아져 나왔다. 〈크레인〉〈북치는 사람들〉〈어린 백만장자〉〈아우구스투스와 기관차들의 발라드〉〈다니엘 J. 쿠퍼먼스 교수의 발견과 눈 사람 연구〉〈기계들〉 모두 TV 시리즈로 방송되었으며, 14개 언어로 번역되었다.

1958년 ~ 64년 TV 시리즈 〈렉트로〉 방영.

1961년 ~ 85년   TV 시리즈 〈세바스티안 그산글〉 방영.

1988년   TV 시리즈 〈나무의 전설〉 방영.

1972년부터   프리랜서 그래픽 화가 및 직업 화가로 역작 〈겨울 스케치〉
와 〈여성의 장식들〉을 탄생시켰다. 국내외 여러 도시에서 전시회를 열었고,
그 중에서 1985년 뮌헨 시립 박물관에서 개최한 제1회 회고전과 1988년
레게스부르크 동독 갤러리 박물관에서 개최한 회고전이 손꼽힌다.

현재 라이너 침닉은 뮌헨에서 살고 있다.

유혜자

대전에서 살고 있다. 스위스 취리히 대학교에서 경제학과 독일어를
5년간 공부하고 돌아와 15년째 독일말을 우리말로 옮기는 작업을 하고 있다.
그리고 매번 새로운 작품을 할 때마다 독일 문학의 깊이와 넓이에 깊은 감동을 받는다.
특히 라이너 침닉처럼 국내에 처음 소개하는 작가의 작품을 번역할 때는
설레임과 보람으로 작업의 외로움을 위로한다. 그간 〈좀머 씨 이야기〉를 비롯
150여 권의 책을 번역하였다.

크레인

초판 1쇄 인쇄 | 2002년 12월 10일
초판 1쇄 발행 | 2002년 12월 14일

지은이 | 라이너 침닉
옮긴이 | 유혜자

펴낸이 | 한익수
펴낸곳 | 도서출판 큰나무

기획 | 유연화
편집 | 성효영, 김미진
관리 | 조은정
마케팅 | 한성호

등록 | 1993년 11월 30일(제5-396호)
주소 | 120-837 서울시 서대문구 충정로 3가 3-95 2층
전화 | (02) 365-1845~6
팩스 | (02) 365-1847

이메일 | btreepub@chol.com
홈페이지 | www.bigtreepub.co.kr

값 7,500 원
ISBN 89-7891-147-1 03850